오늘도 치매 어르신을 돌보며
인생을 만납니다

오늘도 치매 어르신을 돌보며
인생을 만납니다

초판 1쇄 인쇄 2025년 3월 01일
1쇄 발행 2025년 3월 15일

지은이 서은경
총괄기획·대표이사 우세웅

책임편집 강진홍
콘텐츠 제작 김세경
경영관리 고은주
북디자인 권수정

종이 페이퍼프라이스㈜
인쇄 ㈜다온피앤피

펴낸곳 슬로디미디어
출판등록 2017년 6월 13일 제25100-2017-000035호
주소 경기 고양시 덕양구 청초로 66, 덕은리버워크 A동 15층 18호
전화 02)493-7780 **팩스** 0303)3442-7780
홈페이지 slodymedia.modoo.at **이메일** wsw2525@gmail.com

ISBN 979-11-6785-247-2 (03810)

글 ⓒ 서은경, 2025

일러두기
이 책에 등장하는 어르신들의 이름은 모두 가명으로 표기했습니다.

오늘도
치매 어르신을 돌보며
인생을 만납니다

10년 동안
치매 어르신들과
함께하며 얻은
삶의 지혜

서은경 지음

설렘

서은경의 책 『오늘도 치매 어르신을 돌보며 인생을 만납니다』는 노인 케어에 관심 있다면 꼭 읽어야 할 책이다. 자원봉사조차 사명감으로 임했던 그녀였기에, 이 책에 담긴 이야기가 더욱 진정성 있게 다가온다. 치매 어르신들의 존엄성을 끝까지 지켜주고자 하는 용기와 돌봄 속에서 배운 사랑과 존중의 가치가 이 책을 읽는 모든 분께 깊은 울림을 줄 것이라 확신한다.

Sue Song(공순옥) PhD(로리엔 골든 리빙Lorien Golden Living 대표, 전 메릴랜드간호대학 교수)

이 책은 10년 동안 치매 어르신을 가장 가까이서 돌본 저자가 어르신 한분 한 분의 삶을 우리 앞에 내놓는 책이다. 그럼으로써 모든 인생이 가치 있고품위 있는 여생을 맞이할 권리가 있다는 것을 깨닫게 한다. 진정한 돌봄과 사랑은 우리 사회를 지탱하고 가치 있게 만들 수 있다는 것을 저자의 삶을 통해마음으로 느껴보길 바란다.

박명화(충남대학교 간호대학 교수)

치매 환자를 돌보는 일은 TV 드라마나 다큐멘터리에서 그려지는 것처럼 결코 아름답기만 한 일이 아니다. 하지만 저자는 그 아름답지만은 않은 현실을 따뜻하고 의미 있게 만들어냈다. 이 책에는 치매 어르신을 향한 저자의 사랑이 고스란히 담겨 있다. 이런 삶을 살아가는 저자가 있기에 아직도 우리 사회는 희망이 있고 살 만한 것 같다. 이 책이 사회에서 살아가는 우리를 조금 더 가깝게 이어주는 계기가 되기를 진심으로 바란다.

방선웅(브레인요양병원 신경과 원장, 전 대전시립 제1노인전문병원 병원장)

노인전문간호사로서 치매 어르신들을 향한 진심과 열정을 담은 이 책은, 돌봄 현장에서 일하는 이들뿐만 아니라 치매 부모를 모시는 가족들에게도 꼭 곁에 두고 읽어야 할 교과서가 될 것이다. 저자의 긍정 에너지가 독자들에게 전해져 돌봄의 현장을 더욱 밝게 비추는 따뜻한 빛이 되기를 바란다.

이혜옥(해피엔젤요양센터(대동점) 대표 원장)

조건과 이유를 나열하는 사랑은 진짜가 아닐 수 있다는 걸 깨닫게 해준 사람이 있다. '왜 치매 어르신들을 좋아하냐'는 물음에 이 책의 저자는 한순간의 망설임도 없이 "어떻게 사랑하지 않을 수 있겠어요"라고 답했다. 가장 낮은 자리에서 어르신들을 한 송이 꽃처럼 여기며 사랑을 피워내는 그녀의 이야기를 통해 돌봄 속에 담긴 진정한 아름다움을 느껴보면 좋겠다.

김옥수(요양보호사 양성 강사, 『나는 강의하는 간호사입니다』 저자)

평범한 간호사였던 저는 치매 어르신들을 만나며 삶의 소명을 발견했습니다. 어르신들과 함께한 10년이라는 시간은 제게 진정한 돌봄의 의미를 가르쳐주었고, 저는 그분들의 삶과 기억을 존중하는 법을 배웠습니다. 누군가에게는 짧게 느껴질지도 모를 10년이지만, 저에겐 추억과 감사로 가득하여 무엇과도 바꿀 수 없는 시간이었습니다. 그리고 앞으로 남은 삶을 치매 어르신들과 함께하겠다는 다짐은 제 삶의 이유이자, 제게 주어진 가장 큰 축복입니다.

제 이름 서은경은 은혜 은恩, 공경할 경敬 자를 씁니다. 어린 시절부터 할머니, 할아버지를 좋아했던 제가 지금 치매 어르신들과 함께하며 이름처럼 살아가고 있는 것은 결코 우연이 아닙니다. 블로그에서 제 이름으로 삼행시를 만들며 제 자신에게 다짐하는 문장을 기록한 적이 있습니다.

"나 자신의 결점과 은혜 속에서도 어르신들을 공경하는 꿈을 향한 내 여정을 받아들이고 계속 나아가면 언젠가 내가 원하는 곳에 도달할 것이라고 확신한다."

그 다짐대로 제 꿈은 분명합니다. 치매 어르신들을 위한 시설을 설립하는 것. 이 책은 그 꿈을 향한 하나의 작은 발걸음입니다. 제 자신과의 다짐이자, 어르신들께 조금만 더 기다려달라는 제 간절함을 책에 담았습니다.

요양병원에서 근무하던 시절, 제가 좋아했던 일이 하나 있습니다. 어르신들의 발톱을 손질하는 일이었습니다. 어르신들의 발을 제 허벅지 위에 올려놓고 만성 무좀으로 딱딱하고 구부러진 발톱을 니퍼로 정리하며 말끔하게 다듬는 그 시간은 제게 소중한 돌봄의 순간이었습니다. 때로는 거부하시는 어르신들에게 발길질을 당하거나 침을 맞기도 했지만, 그 순간들마저 지금은 그립습니다. 발톱 손질은 단순한 일이 아니었습니다. 그것은 저에게 돌봄에 관한 자존심이자, 어르신들을 향한 제 마음을 표현하는 일이었으니까요. 혹시 부모님의 돌봄 상태가 궁금하다면 양말을 벗겨서 살펴보세요. 발톱의 상태는 그분들이 얼마나 세심한 관심과 사랑을 받고 있는지를 말해주는 작은 신호일지도 모릅니다.

이 책은 간호사로서의 직업적 기록이 아닙니다. 어르신들에게 배운 삶의 소중한 가치와 사랑을 담은 기록입니다. 돌봄 과정에서 제가 흘렸던 눈물, 웃음, 그리고 희망을 통해 돌봄이 의무가 아닌 한 사람의 삶을 변화시키는 여정임을 보여드리고 싶습니다. 지금

이 순간에도 치매 어르신들을 돌보고 계신 많은 분께 제 글이 잠시나마 위로와 용기가 되기를 바랍니다.

치매 어르신들을 완전히 이해하는 것은 어려울지도 모릅니다. 그러나 그분들을 온전히 사랑하는 것은 가능하지 않을까요? 그래서 저는 오늘도 사랑하겠습니다.

감사합니다.

서은경

1
장
내가 걸어온
모든 시간이 운명이었다

* 1장

내가 걸어온
모든 시간이
운명이었다

어느 날 들은
고백 같은 운명

　나의 친할아버지는 아주 오래전 치매를 앓다가 돌아가셨다. 눈오는 날이면 손녀가 넘어질까 봐 이른 새벽부터 일어나 내가 걸어다닐 만한 길의 눈을 모두 쓸어놓을 만큼 부지런하고 손녀를 끔찍이 아끼고 인자하신 분이었다. 그랬던 할아버지는 언제부턴가 나를 포함한 가족을 알아보지 못하셨다. 자주 할머니를 때리고, 아무데서나 볼일을 보셨다. 추운 어느 겨울날, 할아버지는 방에서 대변을 보신 후 그것을 이불에 발라놓았다. 이불 위는 온통 대변과 할아버지가 먹다 뱉어놓은 청포도 사탕으로 가득했다. 그날 엄마가 울면서 이불 빨래를 하셨던 기억이 난다. 지금은 할아버지가 치매 환자였구나 하고 생각하지만 그 당시는 치매란 용어는 낯설었고, 노망이라 표현하던 시절이었다. 고백하자면 13년 전까지만 해도 나는 치매에 대해 전혀 알지 못했다. 아니, 관심이 없었다는 게 더 정확한 표현인지도 모르겠다.

결혼과 동시에 병원 간호사 일을 그만두고 남편을 따라 미국으로 건너간 나는 두 아이를 낳고 7년 만에 다시 한국으로 돌아왔다. 한창 미국 생활에 적응하며 미국 간호사 면허를 취득하고 재밌게 방문간호사로 일하던 중이었다. 그래서인지 나는 남편의 한국 취업 선택이 그리 달갑지만은 않았다. 더욱이 연고도 없는 대전에 정착하려니 낯설기만 했다. 나의 취업도 마찬가지였다. 아직 아이들이 어린 탓에 교대 근무가 어려웠던 나는 집 근처에서 상근직으로 근무하고 싶었지만, 마땅한 곳이 없었다. 결혼 전 7년의 임상 경력이 있었고, 미국에서도 일을 했기에 나는 자신만만했다. 하지만 미국에 있는 동안의 경력 단절 때문인지 내가 원했던 대학병원이나 종합병원의 교육 팀장급 자리는 쉽사리 허락되지 않았다.

어느 날 집으로 가는 길에 산 중턱에 자리 잡은 한 병원이 눈에 들어왔다. 집에서 5분도 채 걸리지 않는 병원, 간판을 보니 노인전문병원이라고 쓰여 있었다. 주말 오후 나는 무작정 그곳을 방문했다. 그저 어떤 곳인지 분위기나 보자 하는 마음이었다. 로비 소파에는 부부로 보이는 어르신 두 분이 앉아 계셨다. "안녕하세요" 하고 인사하는 내게 그분들은 보호자냐고 물으셨다. 나는 병원 구경하러 왔다고 말할 순 없어 "화장실이 급해서요"라고 핑계를 대곤 화장실로 뛰어 들어갔다. 그러다 마주친 이화 어르신. 보행 보조기를 한 손에 쥔 채 손을 씻으려던 차에 나와 마주쳤기 때문인지 뒤돌아보려다 넘어질 뻔하셨다. 나는 자신도 모르게 반사적으로 어르신 몸을 잡아 일으켰다. 어르신은 갑자기 내게 침을 뱉으며 욕하고 소리를 지르셨다. 그 소리에 간병사가 뛰어 들어와서 어르신을 달래며 모시고 나갔다. 잠시 후 간병사는 다시 들어와서 "놀라셨죠? 저 할머니, 치매라 그래요" 하고는 어르신 뒤를 따라갔다. 치매 어르신과의 첫 만남이었다.

며칠 뒤 나는 이 병원에 입사했다. 그렇게 치매 어르신들과의 여정이 시작되었다. 내가 맡게 된 병동에는 인지 기능이 어느 정도 양호한 경도치매 어르신들이 계셨다. 어르신들은 낯선 사람에 대한 경계심이 심했다. 특히 처음 방문한 날 화장실에서 마주쳤던 이화 어르신은 내가 노크를 하고 들어가도 대놓고 불쾌해하셨다. "필요한 거 있으면 벨을 누를 테니 들어오지 마"라며 혈압 측정 및 투약도 수시로 거부하셨다. 어르신은 2인실에 혼자 계셨는데, 옆자리에 들어오는 환자들과 계속 마찰을 일으켜 2인실을 1인실로 사용할 만큼 까다롭기로 소문난 환자였다. 더욱이 어르신은 도둑망상이 있어 당신 물건을 다른 환자가 훔쳤거나 간병사들이 숨겼다고 자주 의심했다.

그러던 어느 날 이화 어르신이 흥분한 상태로 병원이 떠나갈 듯 소리를 지르고 계셨다. 어제 아들이 다녀가면서 주고 간 5만 원이 없어졌다는 이유였다. 혹시나 하는 마음에 아드님에게 전화해서 확인하니 5만 원을 주고 간 건 맞았다. 그렇다면 어르신 몸에 지니고 있거나 어딘가에 숨겨져 있을 텐데 당신 물건은 건들지도 못하게 하시니 확인할 방법이 없었다. 다행히 그날은 어르신의 목욕날이었다. 어르신 바지 안쪽에 항상 복주머니 같은 게 있었는데 보통 돈이나 반지 등을 이 주머니에 보관하셨다. 목욕하면서 자연스레 바지를 탈의할 것을 기대하고 목욕탕으로 모셔 갔으나 문제는 여기서부터였다.

어르신이 오늘은 옷을 탈의하지 않겠으니 머리만 감겨달라고 요구하기 시작했다. 자신은 이번 주에 목욕은 하고 싶지 않다고. 누가 봐도 수상한 일이었다. 그렇게 목욕탕으로 간 나는 어르신과 단 둘이 독대를 했다.

"어르신, 목욕을 안 하시려고요? 오늘 안 하시면 또 일주일 기다리셔야 하는데 몸이 간지럽지 않으시겠어요?"

"내가 오늘은 돈이 없어. 저이들이 뚱뚱한 할마시 씻긴다고 땀을 한 바가지 흘릴 텐데 오늘은 할 수가 없어. 저이들 줄 돈이 없으니."

나는 괜찮으니 오늘은 그냥 목욕하자고 어르신에게 말씀드리고 나와서 1층 간병사님들을 다 모이게 했다. "어제 혹시 이화 어르신 목욕시키신 분?" 하고 물었는데 '아차, 팀이 교대했지?' 하는 생각이 들었다. 그래서 "어제 근무자들 연락처 주세요" 하고 돌아서려는데, 구석진 곳에서 날 나무라듯 따지는 목소리가 들렸다. "뭣 때문에 또 이 난리야? 그 양반이 맨날 우리한테 뭐 사다 달라고 돈 줘놓고도 잊어버리고, 또 침대 밑에 숨기고 하는데 아직도 간호사가 그걸 몰라서 지금 이 난리인 거야?"

나는 전날 근무했던 간병사님에게 전화를 걸었다. 간병사님은 대뜸 전화를 받자마자 "나 오늘 쉬는 날인데, 뭐요?" 하며 퉁명스럽게 대답했다. 내가 상황을 설명하고 확인차 연락했다고 하니 한동안 아무 말도 없다가 "내가 어제 이화 어르신 목욕시켜드렸는데…" 했다. "그럼 어제 어르신께 돈도 받으셨어요?"라는 내 질문에 한참 뜸을 들였다. "그래 봤자 맨날 그걸로 어르신 간식 사드리고 반찬 사다 드리고 해서 오히려 내 돈을 더 많이 써요."

그제야 나는 어르신이 유독 도둑망상을 보이며 사람을 잘 믿지 못했던 이유를 알 것 같았다. 이때까지 간병사님들은 이화 어르신을 목욕시켜드리고 나면 항상 몇 만원씩 돈을 받고 있었던 것이다. 이 문제는 내 선에서는 해결할 수가 없다고 판단한 나는 간호 부장님께 보고했다. 그렇게 해서 병원 전체에 공지가 내려졌다. 절대 환자에게서 돈이나 물품을 받지 않도록 하고, 만약 환자분이 필요한 것이 있을 경우 간호사실에 알려 보호자에게 전달할 수 있도록 했다.

다음 날 나는 간병사님에게 5만 원을 받아 어르신께 돌려드렸다. 그러곤 앞으로는 목욕하고 돈 안 주셔도 된다고 말씀드렸다. 이미 아드님이 어르신의 목욕 비용을 모두 지불하셨으니 마음 편히 목욕하시면 된다고. 그러자 어르신의 눈빛이 흔들리더니, 서운한 얼굴색을 띠며 대성통곡하셨다. "그것들이 이젠 내 용돈도 못 준다는 거지? 아들 새끼들 키워봐야 다 소용없어. 지들 마누라 치마폭에만 싸여가지고, 한심한 것들."

한참을 우시던 어르신은 당신 이야기를 하셨다. 남편을 30대에 사고로 잃고 혼자서 한복 재단 일을 하면서 아들 둘을 남부럽지 않게 키워냈다고. 그런데 막상 아들들을 장가보내고 나니 너무 외로웠다고. 며느리들도 무뚝뚝해서 당신한테 전화 한 번 안 한다고 말이다. 그래놓고 본인들 필요할 때만 찾아와서 야금야금 어르신 돈을 가져갔다고. 하나 남은 어르신 집도 아들들이 맘대로 팔아버려서 이제 갈 집도 없다고 하셨다. 여기서 이렇게 외롭게 죽어야 하는데, 이젠 용돈조차 맘대로 못 쓰니 무슨 낙으로 사냐고 말씀하셨다.

그랬다. 목욕 후의 그 몇만 원은 어르신의 자존심과 같은 것이었다. 그렇다고 계속 간병사님들에게 돈을 지불하게 할 수는 없었다. 나는 고민 끝에 어르신께 하고 싶으신 게 있는지 물었다. 어르신은 당신이 주고 싶을 때 사람들에게 뭐라도 나눠주고 싶다고 하셨다. 한복 재단을 하셨으니 혹시 뜨개질을 해보시는 건 어떤지 물었더니 너무 좋아하시는 어르신. 아드님과 의논하곤 색깔별 실들과 코바늘, 돗바늘을 사 오도록 했다. 그 뒤 어르신은 틈틈이 수세미를 만들고, 당신이 고마운 일이 생길 때마다 수세미를 하나씩 선물하시며 병원 생활에 활기를 되찾으셨다. 시간이 지나면서 어르신은 아드님한테 서운했던 감정들도 조금씩 내려놓으셨다. 뭣보다 늘 의심하며 뭔가가 없어졌다던 어르신의 도둑망상이 사라졌다.

그러던 어느 날 어르신이 급하게 날 찾으셨다. 놀라서 뛰어 들어간 나에게 어르신은 코바늘로 만드신 휴대전화 가방을 선물하시면서 "서 선생, 내 딸 하자"라고 하셨다. 그렇게 난 이화 어르신과 만난 지 한 달 만에 어르신의 양딸이 되었다. 치매 어르신과의 조금은

특별한 첫 라포가 형성된 순간이었다. 그때까지도 난 치매에 대해
제대로 알지 못했지만 내가 이곳에 있는 것이 단순한 우연이 아닌
운명의 시작임을 직감했다.

미움은
소통의 부재

결혼 전 나는 응급실, 내과병동, 그리고 주사 전담 간호사로 일했다. 이런 분야에서 일하다 보니 함께했던 동료들은 간호사나 의사가 대부분이었다. 그러다가 요양병원에서 일하게 되면서 조무사와 간병사와 함께 어르신들을 돌봐야 하는 것이 조금은 이질적이고 생소하게 느껴졌다.

매일 아침 나는 간병사님들 교육으로 하루를 시작했다. 어르신들이 들으시는 곳에선 치매라는 단어를 포함한 어르신의 상태에 대해 어떤 말도 하지 말 것, 수면 시간 외의 시간에는 어르신들이 나와서 활동할 수 있도록 할 것, 화장실 갈 수 있는 어르신은 무조건 화장실에 가서 볼일 볼 수 있도록 하는 것 세 가지는 꼭 지켜달라고 말했다.

치매 어르신을 돌보는 일은 나도 처음이었기 때문에, 그저 친절하게 대해드리면 될 것이라 생각했다. 하지만 나의 노력에도 어르신들은 쉽사리 내게 마음을 내주시지 않았다. 일부 어르신들은 내가 드리는 약조차 거부하고, 간병사가 약을 수저에 올려줘야만 약을 드셨다. 어르신들이 날 거부하시니 간병사님들에게 내 교육이 먹힐 리가 없었다. 아무리 아침마다 반복 교육해도 여전히 어르신들은 침상에 머무는 시간이 대부분이었다. 또 보행이 가능한 어르신들조차 밤에는 기저귀를 착용하고 있었다.

어느 날은 라운딩 돌면서 보니 어르신들 입이 바짝 말라 있었다. 그날 아침 나는 간병사님들에게 내일 아침부터는 어르신들 물통을 침상 옆 서랍장 위에 각각 올려달라고 말했다. 어르신들이 아침에 일어나면 수분 섭취부터 할 수 있도록 말이다. 내 말이 떨어지기가 무섭게 "온 지도 얼마 안 된 게 맨날 이래라저래라 지적질이야. 내 딸보다도 어린 게 말이지"라며 내 면전에서 이야기하는 간병사님도 있었다.

그러던 어느 날, 출근했더니 1층 간호사실 앞에 간병사님들이 모두 모여 있었다. 다가가서 보니 어르신 한 분이 바닥에 쓰러져 경련하고 계셨다. 이미 당직 의사와 간호사와 조무사가 한 명씩 있었으나 엉거주춤할 뿐이었다. 나는 얼른 바닥에 앉아 어르신의 고개를 옆으로 돌려 틀니를 제거해 질식을 예방하고, 혀를 눌러 기도를 확보했다. 당직 의사에게 "아티반(안정제) 드릴까요?" 물었더니, 혈관을 못 찾아서 아직 주사가 들어가지 않았다고 했다. 보통 응급 상황에는 근육주사를 놓기도 하지만 당직 의사는 혈관주사를 놓자고 했다. 나는 옆에 있던 트레이에서 얼른 주삿바늘을 들어 혈관을 찾아 수액을 연결하고 아티반 주사를 놓았다. 그러자 어르신의 경련이 바로 멈췄다. 나는 어르신을 병실로 옮겨 산소 주입을 시작했다. 이 모든 게 내가 도착한 지 2분 만에 이루어진 일이었다.

　이날 이후 간병사님들이 나를 대하는 태도가 조금 달라졌다. 여전히 나를 좋아하지는 않았지만 내가 교육하고 전달한 내용에 대해서는 더 이상 겉으로 불만을 표현하거나 따지진 않았다. 나중에 알게 된 사실은, 어르신들이 날 거부했던 이유는 간병사님들이 틈만 나면 나 때문에 일이 늘어서 짜증난다며 내 욕을 했기 때문이었다. 어르신들 입장에선 나 때문에 간병사들이 힘들어하는 것 같아서, 나를 간병사들을 괴롭히는 나쁜 간호사라고 생각했다고 한다. 왜 그토록 간병사님들이 날 싫어했을까?
　처음 요양병원에 입사할 당시 내 나이는 30대 중반이었다. 간병사님들의 평균 연령은 60대였다. 딸 같은 내가 병동 책임자라고 내려온 첫날부터 온갖 지적을 하며 가르치려고만 들었으니 이런 날 누가 예뻐할 수 있었겠나 싶다. 또 나는 무조건 어르신들 편이었다. 그래서 어르신들이 무조건 편해야 한다고 생각했다. 어르신들이 조금이라도 불편해하거나 불만을 토로하면 난 그 책임을 간병사님들에게 돌렸다. 결국 소통이 부재한 결과였다. 나는 어르신을 돌보는 사람들의 입장이나 어려움 등은 전혀 알려고 하지 않았다. 나는 차팅할 때를 제외하고는 대부분 병동 내를 수시로 돌아다녔다. 그때마다 내 눈에 보이는 간병사님의 일들을 하나하나 지적했다. 간병사님들은 이것 또한 자신들의 행동이 계속 감시당하는 일로 느꼈을 것이다. 감시는 상대를 불쾌하게 만든다. 나의 일방적인 지시와 교육은 간병사님들에게 어떠한 공감도 얻지 못했다. 오히려 내 행동들이 간병사님들의 반감만 키우고 있었다는 걸 그때는 미처 깨닫지 못했다.

나와 간병사님들 사이의 팽팽한 긴장감이 병동을 가득 채우던 어느 날이었다. 여느 날과 다름없이 차팅하고 있는데 간호사실 앞쪽 병실에서 큰소리가 오고 갔다.

"아니, 어르신, 왜 자꾸 기저귀를 바닥에 던져요? 네? 이러니 병실에서 지린내가 나잖아요. 해도 해도 너무하잖아요."

"내가 아까부터 기저귀 좀 빼달라고 했는데 니가 안 봐주니 그런 거 아냐."

"좀 전까지 어르신들 물병 씻고 있었잖아요. 조금만 기다리면 해줄 건데 그걸 못 기다려요. 이봐요. 바닥에 똥이 다 묻었네. 아유, 더러워서 정말. 이걸 또 언제 치워."

이 장면을 목격한 나는 이번에도 어르신 편을 들었다. "간병사님, 어르신이 기저귀 봐달라고 했을 때 봐주셨으면 이런 일 없었잖아요. 물병 씻는 게 급한 일은 아니잖아요. 일의 우선순위를 아셔야죠. 그리고 어르신한테 왜 소리를 지르세요? 얼른 어르신께 사과하세요."

그 순간 다른 병실에 있던 간병사님들이 우르르 몰려와서는 내게 화를 내며 따지기 시작했다. "아니, 선생님은 또 무슨 말을 그렇게 해요? 저 어르신 툭하면 당신 기저귀 바닥에 던져서 우리가 아무리 청소를 해도 이 병실에 지린내, 구린내가 얼마나 나는데. 매번 우리한테 환기를 제대로 안 하네 하고 뭐라 하지만 말고. 봐요. 저렇게 바닥에 오줌이랑 똥이 묻었는데 냄새가 안 나겠냐고. 아니, 책임자면 책임자답게 문제 해결을 해야지. 툭하면 우리한테만 뭐라고 해요? 우리가 그렇게 만만해요? 나이도 어린 게. 싸가지가 없어, 진짜."

나는 아무런 말도 못 하고 혼자 화장실로 숨어 그저 숨죽여 울었다. 그 순간의 나는 너무 억울했고, 서러웠다. 그리고 두려움마저 들었다. 이 사건 이후 두 명의 간병사님이 일을 그만두었다. 나와는 일을 할 수가 없다는 이유였다. 나 또한 이날 일을 그만두고 싶었다. 하지만 지금 내가 그만두는 것은 나 자신에게 비겁한 행동이라 생각했다. 그래서 나는 끝까지 버텨보기로 했다.

아이들이 어렸을 때 내가 좋아한 동화책이 있다. 안도현의 『관계』란 책이었다. 내용은 심플하다. 갈참나무에서 떨어진 도토리 하나가 가을에 떨어진 낙엽들의 보호 속에서 여러 위험한 상황을 넘기고, 봄이 오면서 나무의 새싹이 되는 과정을 그린 내용이다. 낙엽들에 둘러싸여 갑갑하기만 했던 도토리가 차라리 쥐들의 먹이가 되는 게 낫겠다며 투정을 하자 낙엽들이 말했다. "안 돼. 도토리야, 너는 끝까지 살아남아야 해. 그래야 우리도 다시 태어날 수 있어. 너와 우리가 또다시 만나게 되는 거지. 새로운 관계를 맺는 거야, 그게 우리의 꿈이야."

"관계? 관계를 맺는다는 게 뭐지?"

"그건 서로 도와주면서 함께 살아간다는 뜻이야."

나는 이날 퇴근해서 이 부분을 읽고 또 읽었다.

간병사님들과 일하면서도 나는 단 한 번도 우리의 관계가 무엇인지 고민한 적이 없었다. 단지 필요에 의해서 같이 일하고 있었을 뿐, 우리가 함께 어르신들을 돌보고 있다고는 생각하지 않았다. 은연중에 내가 상위에 있다고 생각하고 행동했음을 그때야 깨달았다. 그날 이후 나는 달라졌다. 간병사님들을 보면 먼저 환하게 큰 소리로 인사를 했다. 상황에 대한 지적이나 지시를 하기보다는 설명하려고 노력했다. 여전히 간병사님과 어르신들 사이에 문제가 생기면 어르신들 편을 들었다. 하지만 따로 간병사님에게 그때 상황이 어땠는지, 왜 그랬는지 확인했다. 그리고 내가 무엇을 도와주면 좋겠는지 물어봤다. 내가 진심으로 다가가니 간병사님들도 조금씩 내게 맘을 열어주었다. 무엇보다도 간병사님들이 내 말에는 무조건 협조하기 시작했다. 그렇게 나도, 간병사님들도 서로에게 조금씩 익숙해져갔다.

어느 날 나를 가장 대놓고 싫어했던 간병사님이 내게 이런 고백을 하셨다. "지금도 여전히 선생님이 미울 때가 있지만 그래도 이제는 우리가 선생님을 알지. 우리를 괴롭히려는 게 아니라 어르신들을 너무 사랑해서 우리한테 잔소리한다는 걸 말이지. 일할 때 똑소리가 나서 선생님이랑 일하면 몸은 힘든데 우리 맘이 참 편해. 믿음

직스럽고."

그렇게 난 이곳에서 3년 4개월의 시간을 함께했다. 내가 1층 병동 근무를 그만두기 며칠 전부터 나의 하루 식사는 모두 떡볶이였다. 간병사님들이 돌아가면서 떡볶이를 해 오거나, 유명 맛집에서 포장해서 가져다주었기 때문이다. 내가 떡볶이를 제일 좋아한다는 걸 알 만큼 우린 서로에게 스며들어 있었다.

교육 간호사라고 쓰고
기저귀 판매원이라 읽는다

　둘째 아이가 초등학교에 입학하면서 더 이상 병원 근무시간을 맞출 수 없었던 나는 출퇴근 시간이 비교적 자유로운 외국계 회사의 교육 간호사로 이직했다. 타이틀은 분명 교육 간호사였으나 실상은 세일즈우먼이었다. 대전·충남·충북 지역의 요양병원, 요양원, 요양시설을 대상으로 기저귀를 판매하고, 거래처를 관리하고, 필요하면 기저귀 관련 교육을 하는 게 나의 주된 업무였다.

　대부분의 지인들은 나의 이직을 말렸다. 나는 절대 세일즈와는 맞지 않을 것이라고. 하지만 그들의 예상은 완전히 빗나갔다. 나도 놀랄 만큼 나는 세일즈에 탁월한 능력이 있었다. 문제는 내가 일을 과도하게 즐겼다는 것이다. 거래처가 요구하거나 필요할 때 기저귀 관련 교육만 진행하면 되는데, 나는 내가 할 수 있는 온갖 교육을 했다. 치매, 낙상, 욕창, 심지어 심폐소생술CPR 관련 교육까지 했다.

그러다 보니 돌봄에 관심 많은 거래처 대표님, 원장님들로부터 환영을 받았다.

보통 기저귀 교육은 간병사, 요양보호사를 대상으로 이론과 술기 정도만 진행하면 되는데, 난 굳이 현장에서 어르신들을 만나고 직접 기저귀 케어하는 일을 자처했다. 현장에서 기저귀 케어를 할 때 한동안은 놀라움의 연속이었다. 어르신들이 기본이 두세 개, 많게는 한 번에 다섯 개가 넘는 기저귀를 착용하고 있었기 때문이었다. 유럽에서는 기저귀를 무조건 하나만 사용한다고 한다. 대신 간호사가 환자의 배뇨 상태를 확인하고, 소변의 양에 따라 개인별로 용량이 다른 기저귀를 처방하여 사용한다고. 하지만 일본 간병 문화를 그대로 들여온 우리나라는 속기저귀, 겉기저귀를 사용한다. 즉, 무조건 기본 두 개의 기저귀를 착용했다.

때마침 내가 다니는 회사에서 통기성 기저귀 제품을 출시했다. 기회를 잡은 나는 신규 거래처 및 기존 거래처의 대부분을 대상으로 여러 개의 속기저귀가 아니라 통기성 겉기저귀 하나만 사용할 수 있도록 교육하고, 시스템을 바꾸기 위해 노력했다.

처음 시도했을 때는 대부분의 요양시설에서 거부했다. 일반적으로 기저귀를 교체할 때 젖은 속기저귀만 빼고 새것을 넣어주기만 하면 되는데, 겉기저귀를 교체하려면 힘이 든다고 했다. 속기저귀는 저렴한데 겉기저귀는 비싸다는 것도 이유였다. 또 속기저귀를 여러 장 겹쳐도 소변량이 많은 어르신은 바지까지 젖을 때가 많은데, 겉기저귀 하나만 착용하면 그걸 어떻게 감당하느냐는 것이었다. 나는 생리대를 예로 들었다. 생리량이 많은 날이면 흡수가 더 잘되는 큰 생리대를 사용하지, 여러 개의 작은 생리대를 한 번에 사용하진 않는다고 말이다. 그리고 작은 생리대를 하나만 착용하고 있어도 내내 찜찜하고 힘든데, 어르신들이 기저귀를 두세 개씩 착용하고 있으면 얼마나 답답하실지 생각해봤냐는 내 말에 모두 더 이상 반대하지 못했다.

나는 또 다른 이슈였던, 남자 어르신이 착용하는 일회용 비닐이나 일명 돌돌이라는 것도 더 이상 쓰지 말고 똑같이 기저귀 하나만 착용시키도록 했다.

이렇게 시도하는 과정에서 나의 남편이 곤욕을 많이 겪었다. 여자인 내가 남자의 생리적 부분이나 소변 보는 방법을 알아볼 수 없었기에 남편이 마루타 역할을 했다. 매일 저녁 나는 억지로 남편에게 기저귀를 이 방법, 저 방법으로 착용시키고 불편감, 소변이 적시는 부위 등을 확인했다.

나의 수고와 남편의 헌신 덕분에 '싱글 웨어single wear' 기저귀는 하나만 착용하는 것이란 자신감이 생겼다. 나는 직접 관리하던 시설의 60퍼센트 이상이 겉기저귀 하나만 사용하도록 바꿨다. 회사도 내 성과를 높이 사서 본사 직원들이 참여하는 전체 워크숍에서 내가 사례 발표를 하도록 시간을 마련해주었다.

현장에서 직접 기저귀 케어를 하다 보니 자연스럽게 자주 가는 시설의 어르신들을 한 분 한 분 알게 되었다. 그중 유독 기억에 남는 어르신들이 있다. H 요양원에서 기저귀 교육을 할 때마다 요양보호사님들에게 "아이고, 최현 어르신은 소변량이 많아서 그렇게 하나만 채웠다가는 다 새지", "최현 어르신은 치매가 있어서 가만히 있질 않으니 그런 식으로는 기저귀를 채울 수가 없어"라는 말을 자주 들었던 터라 그분을 꼭 만나뵙고 싶었다. 그렇게 최현 어르신을 만났다. 분명 팀장님으로부터 "그 어르신은 엄청 폭력적이니 조심해야 해"라는 말을 들었음에도 난 너무나 의기양양하게 어르신께 다가갔다. 그분 몸에 손을 올리고 얼굴을 보며 "어르신, 안…" 하고 인사를 미처 끝내기도 전에 무언가가 내 얼굴을 스치면서 내 안경이 날아가 바닥에 나뒹굴었다.

그분은 전직 태권도 사범이셨다고 한다. 당신 몸에 낯선 이의 손만 닿으면 누워 있다가도 발차기를 하신다고 했다. 그때부터 난 어르신에 대한 호기심이 발동했다. 어르신에 대해 알 수 있는 정보들을 수집하고, 그다음 기저귀 케어 시간엔 다리 쪽이 아닌 귀 쪽 옆으로 다가갔다. 그러곤 "최 사범님, 저는 서은경 간호사라고 해요. 안녕하세요"라고 인사하자 잔뜩 인상을 쓴 채로 내 쪽으로 몸을 획 돌리며 이번엔 주먹을 날리셨다. 이미 짐작하고 있었던 주먹이라 이번엔 가볍게 피하고 어르신 눈을 보며 다시 인사했다. 생글생글 웃으면서 말이다. 더 이상 어르신이 공격하지 않는다는 걸 확인한 나는 조심스레 "기저귀를 봐드리려고요. 어르신, 아까도 기저귀 교체를 안 하셨다면서요. 그럼 엉덩이가 다 물러요" 하며 바지를 내리려고 했는데, 이런, 어르신이 입고 계신 건 우주복이어서 열쇠로 위지퍼를 열어야만 내릴 수 있었다. 나를 방어하느라 어르신이 우주복을 입고 계신 걸 미처 확인하지 못했다. 같이 있던 요양보호사님이 지퍼를 열기 위해 몸을 숙이자마자 어르신은 몸부림치시기 시작했다.

그렇게 2차 시도도 실패했다. 내가 잠시 주춤하는 사이에 요양보호사 세 명이 달려들어 어르신 옷을 탈의하고 기저귀를 교체하기 시작했다. 어르신은 안간힘을 쓰며 간병사님들 사이에서 빠져나오려고 비명을 지르며 몸부림치셨다. 치매 어르신의 기저귀 교체가 이렇게까지 힘든 일인지 몰랐다. 난 그날 어르신 기저귀에 손 한번 대보지 못했다.

며칠이 지났지만 어르신 생각이 머릿속을 떠나질 않았다. 어느 날 저녁 퇴근길에 나는 H 시설 요양 팀장님에게 전화했다. 저녁 기저귀 교체 시간을 확인하고, 그보다 30분 먼저 시설에 도착했다. 나는 간식을 드시는 최현 어르신에게 다가가 알은체를 했다. 어르신은 내 얼굴이 낯선 듯 경계 태세로 노려보셨다. 나는 다른 어르신들과 함께 바닥에 쪼그리고 앉아 그분들이 건네주시는 간식을 받아먹으며 이야기를 했다.

나를 물끄러미 바라보던 최현 어르신의 한마디. "너 몇 살이야?" "저 몇 살로 보여요?"라는 내 대답에 "어른이 물으면 대답을 해야지, 말대꾸를 해?"라고 하셔서 순간 아차 싶었다. 얼른 환하게 웃어 보이며 "39살요" 했더니 나보고 한번 서보라셨다. 얼른 간식을 옆에 내려놓고 서자 그분은 "너 태권도 해봤어?"라고 물으셨다. "그럼요, 삼촌이 태권도 사범이었어요. 보실래요?" 하며 내가 선 채로 발차기를 선보이자 주변에 있던 다른 어르신들이 박수를 치며 좋아하셨다.

나는 이렇게 태권도로 최현 어르신의 마음을 열었다. 그날 저녁 어르신은 내가 기저귀 케어하는 내내 요동도 없었다. 그저 얌전히, 내가 몸을 돌리고 기저귀를 빼고 엉덩이를 닦아내고 새 기저귀를 채우는 동안 몸을 맡기셨다. 최현 어르신의 문제는 소변량이 아니었다. 단지 체구에 비해 너무 큰 기저귀를 착용해서 그동안 소변이 계속 샜던 것이었다.

이후 H 시설은 추가 교육이 필요 없을 만큼 내가 교육한 대로 기저귀를 잘 사용했다. 그리고 우리 회사 기저귀의 열렬한 팬이 되어주었다. 1년 뒤 시설 대표가 바뀌면서 우리 회사 기저귀가 비싸다고 다른 기저귀로 교체하려고 했다. 그때 적극적으로 요양보호사님들이 앞장서서 우리 회사 기저귀를 써야 한다 주장하였고, 덕분에 나는 계속 거래처를 유지할 수 있었다.

내게 늘 호의적이고 직원들이 항상 반겨주던 C 요양센터에도 기억나는 어르신이 한 분 계셨다. 자그마한 체구에 언제나 휠체어에 앉아 묵주기도를 하시던 분. 갈 때마다 내 세례명을 물어보시던 정순 어르신. 내 얼굴은 기억하셨지만, 내 묵주반지를 볼 때마다 언제나 처음 본 것처럼 "어머, 선생님도 신자셨군요. 본명이 뭐예요?"라고 물으셨다. 내 거래처가 얼마 되지 않았던 초창기에는 모든 거래처를 최소 한 달에 한 번 이상은 방문했다. 하지만 거래처가 늘수록, 유지가 잘되는 시설을 방문하기가 버거워지면서 신규 거래처 중심으로 방문할 수밖에 없게 되었다. 그럼에도 난 C 요양센터는 꼭 시간을 내서 들렀다. 정순 어르신을 뵙기 위해서였다.

정순 어르신은 드시는 약이 많았고, 당뇨로 인한 피부 질환들이 진행되고 있었다. 특히 엉덩이에 기저귀 곰팡이가 계속 재발해서 간호팀이 애를 먹고 있었다. 또 드시는 약들 때문에 소변에서 심한 악취까지 발생하다 보니 요양보호사님들도 기저귀 교체할 때마다 냄새 때문에 힘들어했다. 어르신은 내가 어르신 엉덩이를 확인하고 기저귀를 교체할 때의 표정 때문에 내게 반했다고 했다. 그 말을 들었을 때는 어르신 말씀이 무슨 소린가 했다. 그러다가 내가 그만두기 며칠 전, 한 달 가까이 나와 함께 다니던 후임이 "서 대리님은 어르신들 기저귀 케어할 때 본인 표정이 어떤지 모르시죠? 엄마가 아기 기저귀 보면서 '우리 새끼는 똥조차도 예쁘네' 하는 딱 그 표정이에요"라고 말해서 내 표정이 어떤지 알게 되었다. 몇 달 동안 고생하신 어르신 엉덩이 피부는 내가 조제한 연고를 바른 후 한 달 만에 깨끗해졌다. 그래서 간호팀도, 어르신도 나에게 늘 고마워했다. 그때부터 나는 어르신들에게 기저귀 간호사로 불리게 되었다.

시간이 지날수록 난 회사에서 영업사원으로서 빛을 발하고 있었다. 내 매출은 계속 늘어가고 있었지만 나는 전혀 만족하지 못했다. 오히려 현장에서 만나는 어르신들이 자꾸 생각나서 해당 시설을 방

문하는 횟수가 많아졌다. 나는 세일즈보다는 어르신들 케어에 집중
하고 있었다. 그러면 그럴수록 어르신들과 함께하고 싶다는 생각이
간절해지기 시작했다. 그런 마음을 알아보기라도 한 듯, 거래처 몇
곳의 대표님들이 러브 콜을 보내시기 시작했다.

"서 대리님, 이제 기저귀 그만 팔고 우리 시설에 와서 나랑 일하
는 건 어때요?"

내가 들킨 건
눈물이 아니라 마음이었다

　회사에 다니던 나의 고민이 깊어질 때 Y 요양센터 원장님이 끈질기게 스카웃 제의를 하셨다. 나는 회사를 그만두고 Y 요양센터 간호 부장으로 새롭게 일을 시작했다.

　요양원은 요양병원과는 또 다른 세상이었다. 요양병원은 병원이어서 의사와 간호사가 24시간 상주하지만, 요양원은 장기요양보험제도로 운영하는 시설이어서 의료인이 상주하지 않는다. 촉탁의는 있지만 한 달에 두 번 방문할 뿐 담당 의사가 상주하지 않다 보니 모든 어르신의 건강 문제는 결국 내 책임이었다. 나는 어르신들의 상태를 알기 위해 처음 한 달은 내내 어르신들에 관한 기록을 확인하고, 그분들이 드시는 약들을 살펴봤다. 그 뒤로 장기요양에 대한 공부도 시작했다. 배워야 할 것들이 매일 늘어갔다.

　그곳 원장님은 유치원을 운영하다 친정 어머니를 모실 곳이 필요해 사회복지사 공부를 하셨다고 한다. 맘에 드는 시설이 없어 스스로 요양시설을 만들고 어머니를 모신 그분이야말로 여장부 스타일이었다. 원장님은 당신의 어머니를 돌보듯 어르신들을 아끼고 사랑하는 분이었다. 자신을 치매 박사라 칭하며, 치매 어르신들을 돌보는 데 자부심을 드러내셨다. 하지만 제대로 된 전문 지식이 아닌 자신만의 오랜 경험으로 치매 어르신들을 유치원 아이처럼 대했다. 망상 혹은 수집증 등의 증상으로 다른 환우와 자주 다투는 어르신들에 관해서는 파국 반응이라 칭했다. 이 경우엔 반복적으로 알려주고 가르쳐야 한다며 수시로 어르신들을 앉혀놓고 잔소리 같은 교육을 했다.

어느 날 어르신 한 분이 밤새 화가 잔뜩 난 상태로 잠도 안 자고 돌아다니며 요양보호사님들을 때리고 꼬집는 등 폭력적인 모습을 보이셨다. 이미 어르신은 많은 종류의 항정신성 약을 드시는 중이었는데, 갑자기 이런 증상들이 나타났다. 나는 혹시나 최근에 바뀐 약이 있는지 다시 살펴보았다. 또 어제 무슨 일이 있었는지, 투약은 제대로 됐는지, 진료받았던 병원에 다시 가서야 할 상황인지 확인했다. 하지만 원장님은 이런 일쯤은 자신이 컨트롤할 수 있다고 하셨다. 그러더니 나에게 요양원에서 비슷한 증상을 보였던 다른 어르신이 드시는 약을 빼서 먹이면 된다고 하셨다. 나는 원장님 지시를 따르지 않았다. 나는 어르신이 약을 처방받은 병원의 의사와 통화하고, 오히려 드시는 약 중 최근에 추가한 약 하나를 빼고 투약했다. 새로운 약물에 의한 부작용일 수도 있다고 판단한 나의 의견에 의사도 동의했다.

원장님이 치매 어르신을 대하는 이런 방식들 덕분에, 오히려 나는 치매에 대해 제대로 공부하고 싶다는 욕심이 생겼다. 그래서 정부에서 진행하는 많은 곳의 다양한 치매 전문교육에 참여했다. 내가 교육을 듣고 공부하면 할수록 어르신 케어에 관한 원장님과의 마찰이 계속되었다.

요양원에서 어르신들 생신 파티가 진행되던 날이었다. 모두 흥이 오른 채 요양보호사님들과 어르신들의 노래가 이어지고, 마지막 마이크가 내게 전달되었다. "어르신들, 제가 누군지 아시죠?"라는 내 질문에 어르신들은 하나둘 대답하시기 시작했다. "간호 부장", "우리 요양원에서 제일 바쁜 사람", "서 부장", "간호 대빵" 등등. 그러다 내 귀에 그대로 꽂힌 어르신 한 분의 대답, "언제나 휙휙~ 지나가버리는 선생님." 순간 나는 멈칫했다. 행사가 끝나고 나는 어르신께 물었다. "어르신, 아까 하신 말씀이 무슨 뜻일까요?" "매번 무슨 얘기를 좀 하려고 하면 바쁘니 그냥 휙 하고 지나가서 말을 할 수가 없었어"라는 어르신의 대답에 순간 울컥했다. 그때서야 나는 뭔가 많이 잘못되고 있었음을 깨달았다. 어르신들과 함께하고 싶어 이직한 이곳에서 나는 수많은 서류 작업, 직원들 관리, 보호자 상담 등에 파묻혀 정작 어르신들하고 보낸 시간이 거의 없었다. 매일 아침 출근했을 때, 어르신들 점심 식사하실 때, 그리고 퇴근 전 저녁 식사 시간, 이렇게 하루 세 번씩 꼬박꼬박 라운딩을 하긴 했으나 그저 어르신들을 살펴보기만 할 뿐 평범한 일상 대화를 해본 기억이 없었다. 어르신들이 그리워 이곳에 왔는데, 이곳에서도 난 다른 일들만 잔뜩 하고 있었던 것이다.

요양원에서의 마지막 날 요양보호사 한 분이 내게 해주신 말씀을 아직까지 기억하고 있다. "나 같은 사람이 뭔 이야기냐 하겠지만 그래도 서 부장님보다는 내가 오래 살았으니 한마디만 해야겠네요. 내가 이리 70 가까이 살다 보니 한 가지는 정확하게 볼 줄 알아요. 이 사람이 진짜인지, 거짓인지 말이죠. 서 부장님은 매사에 늘 진심이라는 거, 그만큼 좋은 사람이라는 거 나는 알지요. 그러니 그렇게 자신을 너무 닦달하지 말고, 너무 급하게 서두르지 말아요. 안 그래도 비쩍 마른 사람이 그리 애달아하면 어떻게 해. 좀 봐도 괜찮아요. 그동안 너무 애썼네요. 여기서 어르신들도 챙기고 어르신들만큼이나 늙은 우리 요양보호사들까지 신경 쓰느라 고생 많았어요. 어디서든 잘할 사람이니 걱정은 안 하지만, 잘 살아요."

울지 않으려 애쓰며 인사하고 다녔는데 결국 나는 눈물이 터지고 말았다. 그렇게 나는 요양원을 나와서 처음 내가 근무했던 요양병원으로 돌아갔다.

내가 떠나 있던 3년이란 시간 동안 요양병원 1층 병동에 계시던 많은 어르신이 돌아가셨다. 나를 양딸로 삼으셨던 이화 어르신도 이미 돌아가신 후였다. 남아 있는 어르신들 역시 그전보다 기력이 많이 쇠약해진 상태였다. 어르신들과 재회하며 반가워하는 마음도 잠시였다. 병원이 치매안심병원 시범사업 분야에서 지정을 받았고, 나는 시범사업 코디네이터 전담간호사로서 2층 병동으로 로테이션 되었다. 그렇게 진짜 치매병동과의 인연이 시작되었다.

1층 병동과 달리 2층 치매병동은 중등도 치매 어르신들이 대부분이었다. 보행이 어려워 휠체어를 타는 어르신도 많았고, 침상에 주로 누워 있는 고도치매인 와상 상태의 어르신들도 꽤 있었다.

시범사업을 진행하는 동안 병동 공사가 진행되었다. 나는 이곳에서 근무하면서 어르신들과의 프로그램도 진행했다. 사업팀은 총 다섯 명으로 사회복지사, 재활치료사, 임상심리치료사, 조무사 두 명으로 구성되었다. 나를 제외한 모두는 치매 환자가 처음이었다. 이들을 교육하는 것도 내 역할 중 하나였다. 치매 기본 이론부터 어르신과 소통하는 방법까지 틈틈이 교육했다. 또 프로그램에 참여하는 어르신들 보호자를 대상으로 하는 교육도 진행했다.

어르신들과 프로그램을 함께하는 시간들도 좋았지만, 나는 보호자분들을 만났던 시간들이 지금도 기억에 많이 남는다. 다들 부모님을 요양병원에 모신 것에 대한 죄책감이 있는 상태였다. 자신들이 치매에 대해 전혀 몰라서 부모님이 너무 늦게 치매 진단을 받은 것에 대한 애석함도 드러냈다. 또 막상 진단받고 나서도 어떻게 해야 할지 몰라 무조건 요양병원으로 모신 것 아닌가 하는 무력감, 속상한 마음을 전하며 울기도 했다.

보호자 교육은 일주일에 한 번씩 겨우 30분간 진행되었다. 하지만 매주 보호자들을 만나면서 그분들이 느꼈을 여러 감정에 나도 공감하며 다독거리기도 했고, 때론 안타까움에 같이 울기도 했다. 마지막 시간에는 어르신께 드릴 선물로 사진 액자 만들기를 했다. 어르신이 가장 행복해했을 만한 사진들을 보호자들에게 가져오도록 했다. 너무 오래되어 색이 바랜 낡은 사진 속 젊은 시절의 어르신들 모습을 보면서 나는 보호자들에게 시간은 기다려주지 않는다는 말을 전했다. 어르신들이 입원해 계시는 동안 자주 찾아뵙고 수시로 마음을, 진심을 꼭 전하시라 말씀드렸다. 함께할 수 있는 시간은 영원하지 않다고 말이다.

어느덧 정신없던 시범사업이 끝났고, 피난민처럼 병실을 옮겨다니던 어르신들도 제자리를 찾아가고 있었다. 그렇게 우리 병원은 보건복지부 지정 제3호 치매안심병원이 되었다.

나를 단단하게 만들어준
치매안심병동

내가 몸담고 있던 병원이 치매안심병원으로 지정되자 전국 각지의 요양병원에서 행동심리증상Behavioral and Psychological Symptoms of Dementia, BPSD 때문에 감당하기 어려운 어르신들이 우리 병원으로 몰리기 시작했다. 시범사업으로 병동 공사가 진행되며 로비가 좀 더 넓어지고 환해졌다. 각 병실마다 화장실이 생겼고, 복도가 알록달록해졌다. 로비 천장에는 어르신들은 관심도 보이지 않는 온갖 화려한 장식품이 전시되었다. 하지만 정작 간호팀도 그대로, 의사도 그대로, 간병사도 그대로인 이곳에서, 단지 치매안심병동이란 타이틀 하나를 보고 몰려드는 환자분들을 우린 온몸으로 지켜내는 중이었다.

행동심리증상으로 다른 병원에서 거부했던 어르신들은 유난히 케어에 대한 거부가 심하고 폭력적이셨다. 이런 어르신들의 문제 행동들을 조절하기 위해선 적절한 약물을 투약해야 하는데, 약을 먹이는 것부터 어려운 어르신이 많아진 셈이었다. 식사를 거부하고, 투약도 거부하고, 우리의 모든 케어를 거부하며 침을 뱉고, 주먹을 휘두르고, 발길질부터 하는 어르신들에게 우린 속수무책으로 맞아가며 하루하루 버텨내고 있었다.

치매병동의 특성상 어르신 한 분이 입원하시면 그분의 행동 증상 패턴에 익숙해질 때까지 평균 3주 정도가 걸린다. 즉 어르신도, 케어하는 우리도 서로에게 적응해가는 시간인 셈이다. 그래서 보통 시간 간격을 두고 환자를 받았다. 하지만 치매 환자들이 계속 몰려들자 우리가 돌보던 와상 어르신들을 다른 층으로 옮겨야 했다. 연이어 입원이 진행되다 보니 우리가 적응할 시간 따윈 보장되지 않았다. 현실이 이렇다 보니 어르신을 파악하고 라포를 형성할 여유는커녕 그저 일에 치여 하루하루 오더받고 처치하기에 급급했다. 심지어 인수인계하다가 어르신 성함이 기억나질 않아 "그 12호에 며칠 전 입원하신 그… 신환분…"이라 표현하는 내 모습에 자괴감이 들 정도였다. 상황이 이렇다 보니 간호 인력들이 버텨내질 못했다. 연이은 간호사들의 사직으로 입사한 지 한 달이 채 안 된 간호사가 세 명이나 있다 보니 같이 일하는 조무사들도 모두 버거워했다.

환자와의 라포는 시간이 지난다고 해서 저절로 형성되지 않는다. 수시로 어르신 곁에서 이야기 나누고, 식사하실 때 옆에서 보조도 하며 어르신을 알아가야만 한다. 프로그램을 진행할 때의 반응도 살피면서 어르신이 좋아하는 거, 싫어하시는 거 파악해가며 서로 익숙해져야 한다. 하지만 당시엔 아침 라운딩 때 잠깐 얼굴 한번 뵙고 나면 문제가 생기지 않는 한 퇴근할 때까지 다시 못 보는 어르신도 생겼다. 그러다 집에 와서야 '아침에 어르신이 틀니가 불편하다고 했는데 점심 식사 땐 어떠셨나?' 싶어 병원에 전화해서 확인하는 일도 있었다.

그러던 어느 날 오후 드디어 한꺼번에 일이 터졌다. 이날 나는 행정 업무를 맡고 있었다. 미팅을 끝내고 병동으로 올라오니 두 명의 어르신이 출입구 앞에서 나가겠다고 실랑이하고 계셨다. 로비에선 휠체어를 탄 어르신 한 분이 고래고래 소리 지르고 울며 발을 구르고 계셨고, 옆에 있던 다른 어르신들은 그 모습에 불안해하며 조용히 하라고 소리를 지르셨다. 복도 끝에선 보행 연습하던 어르신 한 분이 안 걷겠다며 직원 한 사람을 발로 찬 후 손을 놓치며 넘어질 뻔해서 직원 두 명이 그쪽으로 달려가고 있었다. 또 한쪽 복도에선 휠체어 타고 지나가던 어르신과, 보행 보조기로 걷던 어르신이 본인 가는 길을 막고 있다고 시비가 붙어서 싸우고 있었다. 그야말로 병동 안은 '아수라장'이었다.

일단 나는 싸우는 어르신 두 분부터 중재해서 떼어놓았다. 그리고 낙상할 뻔한 어르신은 보행을 그만하고 다시 휠체어에 태우도록 하곤 로비로 갔다. 괴성에 가까운 소리를 질러대던 류숙 어르신에게 다가가 "어머니, 좀 걸을까요?" 하고 물으니 금세 비명을 멈추고 "응" 하고 대답하셨다. 양말과 신발을 신겨드리고 양옆에서 부축

해서 잡고 일으켜 힘겹게 몇 걸음을 뗐는데, 또 뭔가 맘에 들지 않았는지 어르신이 소리를 질렀다. 내가 "저만 잡아드려요?"라고 말했더니 이내 조용해지셨다. 양손을 내가 잡고 한참을 걸었다. 약 기운 때문인지 어르신의 몸이 자꾸 왼쪽으로 기우는 게 느껴졌다. 류숙 어르신은 덩치가 있는 분이라 넘어지시면 내가 감당할 수가 없었다. "어머니, 졸리신 거 같은데 이제 그만 걸을까요?" 했더니 고개를 끄덕이셨다. 그렇게 병실로 보내드리고, 출입구에 있던 두 분께 가서 "어르신 두 분 다 오세요. 보내드릴게요"라고 말하곤 하늘정원 옥상 문을 열었다. 바깥바람이 아직 찬데도 답답하셨는지 두 분 모두 정원 여기저기를 한참 왔다 갔다 하셨다. 그러다 5분쯤 지나니 "에이, 오늘은 안 되겠네. 내일 가지, 뭐" 하더니 도로 병동 안으로 들어오셨다.

복도를 지나는데 13호 병실 쪽에서 강진 어르신의 가쁜 호흡 소리가 들렸다. 확인해보니 어르신은 가래를 제대로 뱉지 못해 호흡이 힘들어 보였다. 산소포화도도 떨어진 상태였다. 나는 바로 휴대전화로 담당의에게 전화하며 간호사실로 뛰어 들어가 물품을 챙겨 어르신에게 산소 주입을 시작하고 가래를 뽑았다. 산소포화도가 어느 정도 올라간 것을 확인하고 뒤돌아서자 다른 병실에 있던 간호사, 조무사들이 달려와 있었다. 이후의 마무리는 그분들에게 맡기고 나는 퇴근 준비를 위해 간호사실로 향했다.

내 서류들을 정리하고 있는데 회진 온 의사들이 날 보자마자 어르신 혈액검사 결과를 물었다. 오늘 행정 업무를 하며 직전까지 미팅하고 막 올라온 나에게 말이다. 확인해보니 아직 검사 샘플조차 내려가지 않은 상태였다. 입사한 지 한 달도 안 된 간호사가 근무하는 중이어서 오더 픽업이 많이 늦었던 터였다. 나는 조용히 검사 보틀을 챙겨 어르신의 피를 뽑아 조무사에게 전달했다. 이젠 정말 퇴근하려는데 전화벨이 계속 울렸다. 오후 근무 담당 간호사는 저만치에서 의사와 회진 중이었다. 주변을 보니 다들 바빠 보였다. 내가 전화를 받자 3층 병동에서 내일 전동 갈 환자 인계를 미리 해달라고 했다. 아침에 근무 간호사에게 미리 전동 기록지를 작성해두라고 했었기에 알았다고 하곤 차트를 열었다. 전동 기록지는 작성되어 있지 않았다. 급하게 기록지를 작성하고 인계까지 하고 내려오니 이미 내 퇴근 시간은 저만치 지난 후였다.

이런 일들이 반복되던 어느 날 우리 병동에 코로나19 환자까지 발생했다. 팬데믹 당시 뉴스에서 연일 요양병원·요양원 환자들이 확진되어 사망했다는 소식을 전할 때도 우리는 확진자 한 명 없이 그 시기를 거뜬히 버텼다. 뒷북처럼 그때서야 확진자가 발생한 것이다. 외박을 갔다 오셨던 박훈 어르신에게 시행한 코로나 PCR 검사 결과가 양성으로 나온 것이었다. 전화로 확인하니 보호자였던 아드님이 확진되었다고 한다. 어르신을 부랴부랴 1인실로 옮겼지만 이미 늦었다. 연이어 간호팀, 간병사들, 어르신들 중에서 확진자가 쏟아지기 시작했다.

불행 중 다행으로 나는 이미 확진을 겪은 후였다. 그래서 적극적으로 내가 확진자 어르신들을 돌볼 수 있다는 것이 그 순간에도 감사했다.

우리 병원에서 처음 확진자가 나왔을 때는 어르신을 본원에서 운영하는 코로나 전담 병동으로 옮겼다. 그러나 치매 어르신들은 그곳에서 잘 견디지 못하셨다. 대부분 낙상하거나 욕창이 발생했고, 컨디션이 회복되는 게 아니라 더 나빠져서 돌아오셨다. 이런 상황이 반복되자 담당의들은 코로나 병동으로 어르신들을 옮기는 걸 꺼리기 시작했고, 우리 또한 우리 병동 어르신들은 그냥 우리가 돌보는 것에 동의했다. 그렇게 우린 또 하나의 전쟁을 시작했다.

우리 층은 코호트 격리되었다. 어르신들의 식사도 도시락 형태로 올라왔고, 우리가 일일이 어르신 상태에 따라 밥, 죽, 미음, 갈기 등으로 분류해서 각 병실에 전달했다. 직원들 식사도 각자 떨어져 했다. 언제나 정신없을 정도로 어르신들로 붐비던 로비도, 복도도 텅 비었다. 자체 격리실을 운영했던 당시 확진자는 18명이었다. 이 와중에 또 한 명의 어르신이 확진되었다. 격리실에는 자리가 없어서 그 어르신은 1인실로 이동되었다. 병원 밖은 너무나 자유로워져 이젠 마스크 착용이 선택 사항이 된 시점이었다. 우리만 따로 떨어져 다른 세상에 있는 것 같았다. 병동 멤버들은 지쳐갔고, 어르신들도 활동이 중단되니 모두들 침상에서 낮이고 밤이고 잠만 주무셨다.

나는 쉬는 날 집에 있어도 쉴 수가 없었다. 수시로 병원에서 병실 이동 문제로 전화가 걸려 왔고, 멤버들이 연이어 확진되는 바람에 매일 근무표를 수정해야 했다. 우리 병동 식구들 모두가 어제는 힘들었고 오늘은 견뎌야 했고 내일은 오지 않을 것 같은 시간들을 보내고 있었다. 다행히 시간이 멈추지는 않았기에 힘든 시기도 끝이 보이기 시작했다. 3주 정도의 시간이 지나자 더 이상의 확진자는 나오지 않았다. 로비도 복도도 다시 예전으로 돌아가 활기찬 모습을 되찾았다. 서로를 토닥이며 버텨낸 시간이었기에 나도, 다른 사람들도 단단해졌다. 그 후 우린 웬만한 일은 다들 익숙한 듯 해내었고, 나 또한 이때 경험한 모든 일이 나를 더 강하게 만들어주었다고 믿는다.

선생님은 왜
여기 계세요?

　한국으로 돌아와서 취업하기 전까진 나는 요양병원이 어떤 곳인
지 제대로 알지 못했다. 그저 간판에 노인전문병원이라 쓰여 있었
기에 노인분들이 입원해 있는 병원 정도로만 생각했다. 물론 병원
이긴 하지만, 내가 지금까지 근무했던 병원과는 다른 곳임을 입사
한 첫날 깨달았다. 처음부터 내가 치매병동에 배정된 것은 아니었
다. 무작정 이곳에서 일해야겠다고 생각한 후 병원 홈페이지에 있
는 간호 부장님 이메일 주소로 이메일을 보냈다. 그때 내가 보낸 이
메일 내용이 궁금해서 찾아봤는데 이렇게 쓰여 있었다.

　"연세 많은 분들을 워낙 좋아해서 미국에 거주하면서도 너싱홈
등에서 몇 차례 자원봉사한 경험이 있습니다. 귀국하면서 처음엔
영어에 대한 자신감으로 교육 팀장이나 간호 실장급 자리를 찾고
있었는데 아직 제겐 어리기만 한 아이가 둘이나 있고, 연세 많으신

홀어머니를 모시면서 내 욕심인 일이 아닌 내가 정말로 좋아하는 일이 뭔지, 처음 나이팅게일 선서를 할 때의 초심으로 돌아가 나의 다짐 등을 생각해보게 되었습니다. 그리고 제가 프로페셔널하게 스킬을 가지고 일할 때보다 할머니, 할아버지들과 함께 지내면서 그분들을 보살피고 저의 지식과 스킬을 이용해 그분들을 조금이라도 도울 수 있다면 그것만으로도 제가 간호사로 일하는 보람이 클 것 같다는 결론을 내렸습니다."

당시 병원에선 인력을 채용할 예정이 없었지만, 간호 부장님은 내 이런 호기에 나를 채용했다고 했다. 처음에 나는 중환자실과 3층 병동의 액팅 간호사(오더를 받아 직접 환자를 케어하는 간호사)로 배정받았다. 부장님은 내게 "아마 선생님보다 대부분 연차가 어린 간호사들이 선생님한테 지시할 거예요. 여기는 요양병원이라 일반 병원 시스템과는 달라서 입사순이에요. 괜찮겠어요?"라고 말하셨고, 나는 전혀 상관없다고 했다. 그렇게 요양병원 생활을 시작했다.

3층 병동의 어르신들은 대부분이 와상 상태였다. 팔, 다리의 구축도 심하고 대부분 콧줄과 소변줄을 차고 계셨다. 제일 처음 내게 주어진 임무는 어르신들에게 수액을 주사하는 일이었다. 나는 주사 전담 간호사로 일했었기에 이 정도는 너무 쉬운 일이었다. 내가 너무나 쉽게 일하자 매일 하나씩 일들이 추가로 주어졌다. 그렇게 일주일 정도 지났을 때 나는 운명의 1층 병동으로 로테이션되었다. 새로 1층 병동을 오픈하면서 책임자가 필요했고, 입사 일주일 만에 난 이곳 담당자로 선택된 셈이었다.

이곳 병원에는 대전 지역의 간호대학 학생들이 실습을 나왔다. 보통 1~2주 정도 실습을 했는데, 많은 학생이 실습 마지막 즈음에 내게 하던 질문이 있다. "선생님은 왜 여기에 계세요?" 학생들이 무엇을 말하는지 알지만 난 늘 되묻곤 했다. "여기가 어떤 곳인데?" 학생들은 당황해하며 말을 잇지 못하곤 했다. 이런 질문을 받을 때면 난 늘 이렇게 대답했다. "보면 알겠지만 이곳 어르신들은 기본적으로 기저 질환을 셋에서 다섯 개 정도 가지고 있는 분들이에요. 그래서 복용 중인 약도 많고, 그에 따라 부작용에 많이 노출되어 있지요. 대학병원이나 종합병원에서는 보통 입원 진단명에 따라 검사하고 치료하면 끝이지만, 이곳에서는 어르신들의 질환들을 계속 관리해야 해요. 또 봐서 알겠지만 어르신들은 구축도 심하고, 치매로 인해 케어에 대한 거부도 심해요. 주사 한번 놓으려면 전쟁인 거 봤죠? 이런 어르신들을 보살피는데, 어떤 간호사가 필요할까? 이게 지금 학생한테 말해줄 수 있는 내 답이에요." 그러면 학생들은 고개를 끄덕이며 말뜻을 이해했다.

그 당시 나는 요양병원에 대한 자료를 꾸준히 모았기 때문에 요양병원에 대한 사회적 인식을 모르지 않았다. 간호사 취업 웹사이트에 올라온 글들만 봐도 요양병원에 대한 편견들이 만연해 있었다. 그중 제일 많은 것이 요양병원 간호사의 자질에 대한 이야기였다. 취업이 어려워 갈 데 없는 간호사들이 가는 곳. 혹은 좀 쉽게, 편하게 일하기 위해 가는 곳이라는 선입견이 퍼져 있었다.

간호사 커뮤니티 웹사이트에서 요양병원에 대한 이슈가 뜨겁게 달아오른 적이 있다. 당시 대학병원에 근무하던 간호사들이 요양병원 간호사를 무시하고 멸시하는 글들로 인해 웹사이트가 마비될 정도로 서로가 치열하게 공방전을 벌였다. 요지는 '요양병원에서 그 돈 받고 노예처럼 그렇게 일할 거면 간호사 그만두는 게 낫지 않냐? 요양병원 간호사는 간호사가 아니다. 창피하다'였다. 그때 나도 그 글에 화가 나서 이렇게 댓글을 남긴 적이 있다.

"대학병원이든, 종합병원이든, 요양병원이든 그곳을 선택한 건 바로 나 자신이다. 제발 서로 비교하는 걸 멈추자. 이런 식의 비난과 질타들로는 우리가 절대 성장할 수 없다. 어디서든 오늘보다 더 나은 나 자신의 미래를 위해 스스로에게 투자하자. 어떤 분야든 최고가 되겠다고 다짐하고, 불평불만하기 전에 자신의 자존심을 좀 지키자. 현재 내가 어디에 있든 그곳에서 최선을 다해 일하자. 내 이름이 마크된 곳은 감히 누가 터치할 수 없을 만큼 그렇게 일하자. 어디서 일하는지보다 어떻게 일하느냐가 중요하지 않을까? 남에게 보이기 위함이 아닌 나 스스로에게 당당할 수 있게 내 분야에서 프로가 되자. 그게 전문직의 기본이다. 간호사는 그래야 한다."

이 댓글로 나는 엄청나게 많은 욕을 먹었고 응원도 많이 받았다.

몇 년 전 블로그 활동을 시작한 나는 요양병원에 대해 안 좋은 경험을 하신 블로그 이웃 한 분을 알게 되었다. 어머님을 요양병원에 모셨던 그분은 요양병원에 대한 불신과 의료진들에 대한 실망을 가득 담은 글을 남겼다. 요지는 의료진을 포함한 간병사들의 고령화,

환자를 침상에만 방치하고 식사가 부실하며 욕창이 발생한다는 것 등의 문제에 대한 지적이었다. 외국계 회사에서 기저귀 간호사로 일하던 때 나도 많은 요양병원의 실태를 보고 사실 많이 놀랐다. 분명 보건복지부 인증까지 받은 병원이었는데도 환자 관리가 엉망이었던 곳이 많았다. 이웃님이 쓰신 글의 대부분을 부인하기가 힘들었다. 하지만 모든 요양병원이 그렇지는 않다는 걸 꼭 말하고 싶었다. 그래서 조심스레 댓글에 내가 현재 요양병원에서 근무 중인 간호사임을 밝히고 안타까운 마음을 전했다. 그리고 우리 병원은 절대 그렇지 않다고 솔직하게 이야기했다. 그때 내가 남긴 댓글 밑에 또 다른 글들이 달렸다. "안타깝게도 말씀하신 그런 곳은 찾기가 힘들다는 거죠. 왜냐하면 별로 없으니까요", "요양병원은 지옥이죠. 모순 덩어리고, 돈벌이에 혈안이 되어 있고요" 등의 내용이었다. 일반인들의 시선에 요양병원이란 곳이 얼마나 신뢰받지 못하는 곳인지를 절실히 느끼게 된 순간이었다.

시간이 많이 지난 이 시점에도 요양병원은 늘 사회의 부정적인 시각에 놓여 있다. 요양병원의 질을 향상하기 위해 보건복지부 의료기관평가인증원에서 인증제를 도입했다. 건강보험심사평가원에서는 요양병원 평가에 대한 등급으로 인증과 평가를 시행하고 있다. 그럼에도 왜 아직도 내부의 질이 개선되지 않을까? 어쩌면 그 평가와 인증제라는 것이 형식인 서류에만 국한된 것은 아닐까? 인증 평가를 할 때는 평가원들이 요양병원에 방문하여 현장을 보고 시설, 서류 등을 확인한다. 미리 날짜를 알려주고, 그 기간에 방문하여 현장을 살펴본다. 이미 준비된 모습으로 평가받는 것이다. 그래서 그 평가가 얼마나 그 병원이 제대로 어르신들을 관리해드리는지를 확인하는 데 도움이 되고 있는지는 잘 모르겠다. 평가 등급도 마찬가지다. 오로지 차트 기록과 수치에 의한 적정성 평가로 등급을 측정한다. 그렇기에 1등급을 받기 위해 간호사들이 컴퓨터 앞에서 차팅하느라 오히려 환자들 곁에 가는 시간이 줄고 있는 건 아닌지를 현실적으로 고민할 필요가 있다.

내가 수간호사가 된 후 실습 전담 지도를 맡게 되면서 학생들에게 꼭 했던 교육이 있다. 바로 치매 인식 개선 교육이었다. 노인간호학은 아직도 간호대학에서 필수과목이 아닌 선택과목이다. 그래서 대부분의 학생들이 노인에 대한 지식과 치매에 대한 기본 교육 없이 실습하러 온 경우가 많았다. 나는 학생들이 노인과 치매에 대한 부정적인 인식보다는 희망이라는 단어를 떠올리기를 원했다. 요양병원에 있는 많은 치매 어르신이 세상의 편견처럼 버려졌거나 소외된 것이 아니라 이곳에서도 존엄이 지켜지며 행복한 돌봄을 받고 있음을 보여주고 싶었다.

학생들이 내 이야기를 얼마나 집중해서 들었을지 나는 모른다. 하지만 최소한 어르신들을 향한 내 진심이 전해졌기만을 바랄 뿐이었다. 실습이 끝나면 학생들에게 우리 병원의 장점과 단점, 느낀 점을 적어서 제출하도록 했다. 일종의 실습 리포트인 셈이었다. 많은 학생이 장점만 적으려고 했기 때문에 나는 단호히 말했다. 단점을 솔직하게 적어줘야 어르신 돌봄을 개선할 수 있다고 말이다. 늘 이곳에서 일하는 우리 눈에는 보이지 않는 것들이 학생들의 새로운 눈에는 분명 보일 것이라고, 그걸 꼭 적어달라고 부탁했다. 그렇게 학생들이 적은 내용을 보면 확실히 내가 놓치고 있어서 개선해야 할 점들이 있었다.

언젠가 한 학생이 제출한 실습 리포트에 "수선생님께"라고 적힌 포스트잇이 붙어 있었다. 학생의 할아버지는 치매로 요양병원에 오랫동안 입원해 계시다가 돌아가셨다고 한다. 그때 요양병원에 대한 안 좋은 경험들이 너무 많아서 요양병원 실습이 결정되었을 때 정말 오기 싫었다고 했다. 또 치매란 정말 무서운 병이라고만 생각했다고 한다. 그런데 이곳에서 2주 동안 실습하면서 내가 어르신들을 수시로 안아주고, 어르신들이 많이 웃으시는 걸 보고 자신이 틀렸다는 걸 깨달았다고 했다. 그러면서 자신도 할아버지, 할머니들을 좋아하는데, 꼭 나처럼 노인전문간호사가 되고 싶다고 말했다. 마지막엔 "꼭 수선생님이 원하시는 치매 어르신들을 위한 센터 설립을 이루시길 저도 응원하겠습니다"라고 적혀 있었다. 내 진심이 이 학생에게는 전달된 것이다. 이걸로 충분했다. 단 한 명이라도 조금씩 인식이 바뀌다 보면 분명 더 큰 희망이 있을 테니 말이다.

나는 대한민국의
노인전문간호사다

치매안심병동에서 근무하기 시작하면서 내가 감당할 수 없는 케이스의 환자들이 늘어갔다. 내 지식에 한계를 느끼기 시작한 나는 배움에 대한 갈증을 느꼈다. 여러 기회를 통해 이미 많은 곳에서 치매 강의를 하고 치매 전문가로 활동하고 있었으나 여전히 채워지지 않는 허기가 남아 있었다. 그게 일종의 '열등감'이라고 진단한 나는 대학원을 선택했다.

대학원에서 모든 갈증과 허기가 저절로 해소될 것이라 생각했지만, 현실은 그렇지 않았다. 공부를 거듭할수록 내가 알고 있던 것들도 다시 점검해야 했고, 이로 인해 학문적 열정과 실무 경험 사이에서 끊임없이 씨름하게 되었다. 이론의 씨앗이 현실의 땅에서 어떻게 자랄지 모색하는 과정은 나를 새로운 도전으로 이끌어주었다. 대학원에서 배운 이론은 나에게 지식의 씨앗을 주었지만, 그 씨앗이 자라기 위해서는 현장의 땅이 필요했다. 치매 어르신과의 생활은 그 씨앗이 뿌리를 내릴 수 있는 흙과도 같았다. 이론이 단단한 뿌리가 되고, 현장의 복잡한 문제들이 자양분이 되어야 비로소 지혜의 나무가 자랄 수 있음을 알았다. 이론과 현실의 만남은 내게 새로운 도전이자, 지식이 생명을 얻는 과정이었다.

그렇게 나는 노인전문간호사가 되었다. 하지만 내가 전문간호사가 되었다고 해서 현실에서 달라질 건 전혀 없었다. 오래전부터 내 꿈은 치매를 가진 모든 분이 구속이나 억제 없이 자유롭게 편안한 삶을 살 수 있는 공간을 만드는 것이었다. 보호자들도 아무런 죄책감 없이 어르신을 믿고 맡길 수 있는 안전하고 신뢰할 만한 곳, 머무는 사람도 일하는 사람도 행복할 수 있는 센터를 설립하는 것이었다. 제도적으로, 금전적으로, 현실적으로 많은 제약이 있고 어쩌면 많은 사람이 내게 말하는 것처럼 불가능한 일일지도 모른다. 그럼에도 그게 나의 사명감처럼 느껴졌다.

주변 지인들은 내게 지금도 충분하지 않냐고 물었다. 어쨌든 치매안심병동에서 수간호사로 일하고 있으니 치매 어르신들 곁에 있는 게 아니냐고 말이다. 하지만 고작 수간호사인 내가 이분들을 위해 무언가를 독단적으로 할 수 있는 현실이 아니었다. 설사 어르신들을 위한 길이라 하더라도 혼자 튀는 행동은 하지 말아야 했고, 병원 지침을 따라야만 했다. 내가 어르신들을 위해 마음대로 할 수 있었던 일은 진심을 다해 안아드리는 것, 웃어드리는 것, 옆에 있어드리는 것, 걷게 해드리는 게 다였다. 하지만 이것조차도 내 일에 쫓

겨 정작 그분들이 필요로 할 때 옆에 있어드리지 못하는 게 현실이었다.

얼마 전 간호법이 국회를 통과했다. 그중 제일 이슈가 된 문제는 바로 '전담간호사(진료 지원Physician Assistant, PA)' 부문이었다. 새로이 정의된 이 조항에 따르면 PA는 "반드시 전문간호사이거나"라는 언급이 있다. '전문간호사Advanced Practice Nurse, APN'는 보건복지부 장관이 인증하는 자격을 갖고 최근 10년 이내에 해당 분야에서 최소 3년 이상의 경력을 갖추어야 한다. 또한 대학원의 전문간호사 과정인 석사 과정을 이수하고 국가자격시험을 통과해야만 한다. 현재 의료법에서 인정하고 있는 전문간호사 분야는 보건, 마취, 가정, 정신, 감염 관리, 산업, 응급, 노인, 중환자, 호스피스, 종양, 임상, 아동 총 13개이다. 문제는 전문간호사가 2023년 기준으로 1만 7,346명이나 배출되었음에도 아직 수가 체계나 법제화가 마련되어 있지 않다는 것이다. 또한 전문간호사 인력이 있음에도 병원 측에서는 준비된 전문간호사가 아닌 일반 간호사를 PA라는 그림자 노동으로 대체해왔다는 것도 문제였다. 간호법은 통과되었으나 여전히 법의 테두리 안에서 업무 범위에 대해 논의할 필요가 있는 상태이다.

우리나라와 달리 미국의 전문간호사Nurse Practitioner, NP는 주로 독립적으로 진료를 수행한다. 자율적으로 진단을 내리고, 치료 계획을 세우며, 처방권도 가진다. 의사와 유사한 역할을 수행하지만, 간호학의 관점에서 접근하여 환자 중심의 돌봄을 제공한다. 미국 내 요양원이나 실버타운에서는 전문간호사들이 모든 환자의 진료를 책임지고 있다. 특히 노인전문간호사는 의사들의 손길이 잘 닿지 않는 지역사회의 어르신들을 돌보며 건강 증진에서 대부분의 역할을 담당하고 있다.

나는 미국 간호사와 관련하여 뉴욕주 면허와 펜실베이니아주 면허를 갖고 있다. 그래서 마음만 먹으면 미국 현지에서도 일할 수 있다. 그렇지만 내가 진정으로 원하는 것은 노인전문간호사로서, 그리고 치매 어르신들을 돌보는 간호사로서 한국에 남는 것이다. 내가 할 수 있는 일을 법이 정해주지 않는다고 해서 내가 하려는 이 일의 가치가 사라지는 것은 아니다. 오히려 정답이 없기에 스스로 내 길에 대한 정답을 찾아가면 그만이다. 나는 오늘도 결연한 의지로 어르신들의 곁을 지키겠다는 마음을 다진다. 나의 확신은 10년 이상 치매 현장에서 어르신들을 돌보며 얻은 나만의 경험에서 나오는 '희망'에서 비롯되었다. 나는 내가 이 일을 잘해낼 수 있다는 자신감이 있다. 그리고 이 자신감은 내가 선택한 이 길이 반드시 이루어질 것이라는 믿음에서 온다.

2024년 7월 나는 미국 펜실베이니아주에서 열린 알츠하이머국제학회Alzheimer's Association International Conference, AAIC에 참석했다. 전 세계 치매 연구자들과 전문가들이 모여 최신 연구 결과와 혁신적인 해결책을 논의하는 중요한 학회이다. 학회장 분위기는 온통 바이오 기술과 인공지능AI이 점령했다. 나는 정작 중요한 돌봄에 대한 연구에 사람들이 흥미를 잃어가고 있음을 절실히 느꼈다. AI와 바이오 기술이 데이터를 분석하고, 진단을 지원하며, 맞춤형 치료를 제시하는 데 매우 유용하고 필요한 것은 사실이다. 하지만 치매 환자와 그 가족이 직면하는 정서적·심리적·사회적 요구는 여전히 사람의 따뜻한 공감과 이해가 필요한 부분이다. AI 기술을 돌봄의 질을 높이는 도구로 사용할 필요는 있지만, 진심 어린 돌봄과 공감은 기술로 대체할 수 없다. 그래서 내가 하고자 하는 이 일에 나는 더욱 자부심을 가진다.

진정한 내 가치와 쓸모를 발견했으니 나는 이제 그 쓸모를 최대한 발휘하며 살면 된다. 나의 길은 분명하고, 나는 대한민국의 노인전문간호사로서 당당히 치매 어르신들 곁을 지킬 것이다. 김혜남의 저서 『만일 내가 인생을 다시 산다면』에 이런 글이 있다. "내 경험상 틀린 길은 없었다. 실패를 하더라도 실패로부터 무언가를 배우면 그것은 더 이상 실패가 아니었고 길을 잘못 들었다 싶어도 나중에 보면 그 길에서 내가 미처 몰랐던 것들을 배움으로써 내 삶이 더 풍요로워졌다."

내가 만약 미국에서 귀국하면서 내가 원했던 대학병원의 교육팀장으로 일했더라면 삶이 달라졌을까? 내가 중간에 요양병원을 그만두지 않고 계속 그곳에만 있었더라면 지금 같은 꿈을 꾸진 못했을 것이다. 느닷없이 시작한 세일즈에서는 수많은 사람을 만나고 관계를 배우는 기회를 얻었다. 요양원을 경험하면서는 오너에 따라 시설이 제공하는 케어가 달라질 수 있음을 배웠다. 다시 요양병원으로 돌아갔을 때는 리더로서의 역할을 경험했고, 학교 연구실을 통해서는 내가 연구직보다는 현장에 더 맞는 사람이란 걸 깨닫게 되었다. 그러니 돌아보지 말라는 것, 내 길은 오로지 지금 걷고자 하는 이 길이라는 것을 모든 경험을 통해 배웠다. 내가 모든 상황 속에서 선택한 기준과 나의 걸음걸음이 오롯이 하나의 꿈을 위한 길이 되어주고 있었다. 그래서 내가 걸어온 모든 시간이 나의 운명이었음을 나는 믿는다.

돌봄이 아닌
위로였던
수많은 나날

돌봄 나무
위에 핀 소명

　치매병동의 하루는 늘 분주했다. 매일 오전과 오후 로비에서 프로그램들이 진행되니 언제나 시끌벅적했다. 배회하는 어르신들은 하루 종일 병동 내를 돌아다니고, 출입구에는 언제나 틈틈이 나갈 기회를 엿보는 어르신들이 대기하고 있었다.

　매주 화요일이면 외부 강사가 진행하는 맷돌체조 프로그램을 했다. 많은 어르신들이 가장 기다리는 흥겹고 즐거운 시간이기도 했다. 한창 신나는 노래가 나오고 어르신들이 따라 하는 가운데 유난히 젊어 보이는 어르신 두 분이 눈에 띄었다. 다들 앉아 노래에 맞춰 율동을 따라 하고 있는데 엉거주춤한 자세로 그 주변을 반복해서 돌아다니는 육희 어르신과 안일 어르신. 두 분은 프로그램에는 관심을 두지 않은 채 길을 헤매는 듯 어르신들 사이를 걷는 중이었다. 몸을 앞으로 숙여 넘어질 듯 말 듯하면서 표정도 없이 마냥 걷고 있는 두 분은 초로기 치매 환자였다.

초로기 치매란 만 65세 이전에 발병하는 치매다. 전체 치매 환자의 약 15퍼센트를 차지하며 알츠하이머병이나 다른 치매에 비해 인지 기능이 떨어지는 속도나 신체 활동이 저하되는 속도가 빠르다. 두 분 역시 50대임에도 이미 언어 기능을 상실하여 대화가 되지 않았고, 대소변 조절이 어려워 기저귀를 착용 중인 상태였다. 걷다가 힘이 들어도 스스로 앉거나 멈추지 못해 땀을 뻘뻘 흘리면서도 내내 걷기만 하는 두 어르신. 특히 안일 어르신은 발바닥에 물집이 생겨서 걸으면 많이 아프실 텐데도 계속 걸어다니셨다. 휠체어를 태워드리면 일어서려고 계속 끙끙거리셔서 그냥 지켜보는 중이었다.

아침 식사가 끝나자마자 오늘도 안일 어르신은 프로그램이 펼쳐지는 곳 한가운데를 정처 없이 돌아다니시고 있었다. 어제 간병사님에게 양말을 꼭 신겨드리라고 했는데, 양말도 신지 않은 상태였다. 나는 물통을 챙겨 두 분에게 물을 드렸다. 두 분 모두 목이 마르셨는지 물통의 절반을 금세 비우셨다. 나는 안일 어르신을 의자에 앉게 했다. 어르신의 발을 확인하니 물집이 터져 피가 나고 있었다. 상처 부위를 소독하는 동안에도 어르신은 계속 일어서려고 애쓰셨다.

안일 어르신은 우리나라 명문 대학 출신의 공학 박사셨다. 연구원으로 일하시던 50대 초반에 회사 셔틀버스를 기다리다 당신이 왜 거기 서 있는지 잊고 집으로 오시는 일이 잦아졌다고 한다. 회사 안에서는 화장실을 찾지 못해 실수를 하는 등의 증상이 반복되어 진료받고 초로기 치매를 진단받으셨다. 진단받고 1년 동안은 아내분과 해외여행을 다니셨다고 한다. 혹시나 그동안 너무 공부만 하며 스트레스를 받아 그런 것 아닐까 하는 작은 희망에 기대었다고 한다. 새로운 것들을 경험하고 즐기다 보면 괜찮아지진 않을까 하는 간절한 마음 때문이었다고 아내분은 전했다. 그러나 어르신의 상태는 점점 더 안 좋아졌고, 도저히 집에서는 혼자 있을 수 없어 병원에 모셨다고 한다.

처음 어르신을 뵈었을 때는 면회를 오시는 아내분의 표정이 너무나 평온해 보여서 좀 의아하기까지 했다. 나중에서야 알게 되었다. 그 평온했던 표정이 무얼 의미했는지 말이다. 어느 날 아내분이 면회 오셔서 1층 상담실을 좀 써도 되느냐고 물으셨다. 원무과에 확인한 후 상담실을 내어드렸다. 퇴근하면서 호기심에 상담실 안을 들여다본 나는 그 자리에 서서 한참을 울었다.

두 분은 서로 끌어안고 블루스를 추고 있었다. 그 순간의 두 분의 표정을 지금도 선명하게 기억한다. 평소엔 감정이 나타나지 않아 표정이라곤 없었던 안일 어르신이 아내의 손을 잡고 이리저리 몸을 흔들고 아내를 바라보며 분명 환하게 웃고 있었다. 아내분은 그런 어르신을 미소 지으며 바라보고 있으나 눈빛만은 너무나 슬퍼 보였다. 아니, 슬픔보단 애잔함이었을까? 그리움이었을지도 모르겠다. 아내분은 늘 겉으로 보기엔 아무 일도 없다는 듯이 남편을 대하고 있었지만 사실 그 뒤에 감춘 슬픔은 너무도 깊었던 것이다.

두 분의 블루스는 단순히 춤, 신체의 움직임이 아니었다. 그간의 기억과 어쩌면 품고 있었을 미래에 대한 꿈, 그리고 서로에 대한 깊은 애정의 표현이었다. 많은 사람들은 말한다. 치매란 한 사람의 감정의 연대기를 무너뜨리고 모든 기억을 사라지게 만든다고. 하지만 난 알 수 있었다. 기억이 사라졌을지는 모르지만, 사랑이라는 감정은 분명 살아 있다고 말이다. 두 분의 블루스에서 나타난 평온과 슬픔은, 어르신의 기억이 완전히 소멸된 게 아니며, 기억의 서랍 속 어딘가엔 아내를 향한 애틋함과 소중했던 감정들이 여전히 남아 있는 징표라고 믿고 싶었다.

안일 어르신의 보호자는 매주 면회를 오셨다. 그러다 코로나19 사태가 터지면서 면회가 단절된 시기에 안일 어르신은 배회를 하다가도 한 번씩 출입구 앞에 우두커니 서 계셨다. 우리가 다른 곳으로 안내하려고 당겨도 시선은 계속 문 쪽만 바라보셨던 어르신. 말로 표현하지 못할 뿐, 어르신은 아내가 보고 싶으셨던 것이다. 안일 어르신은 분명 아내를 기다리고 있었다.

치매 어르신들을 간호한다는 것, 돌본다는 것은 어떤 의미일까? 매 순간 기억을 잊어가는 어르신들을 보살필 때마다, 내가 가진 기술이나 의학적 지식이 전부가 아니라는 사실을 깨달았다. 어쩌면 이분들에겐 치료 자체가 중요한 게 아닐 수도 있다. 오히려 이분들에 대한 존중과 관심, 따뜻한 마음과 진심 어린 공감이 더 필요하다. 온전히 이분들의 감정을 이해하려 애쓰고 배려하는 태도가 무엇보다 중요하다.

병원에서 제공하는 공식 프로그램들은 모두 로비나 프로그램실에서 이루어졌다. 즉 보행이 가능하거나, 최소한 휠체어 활동이 가능한 어르신들만 참여했다. 그러다 보니 신체 기능이 떨어져 와상 상태가 된 어르신들은 늘 소외되어 침대에서 멀뚱멀뚱 천장만 보며 하루를 보내실 때가 많았다. 마음 같아서는 이런 분들을 위한 프로그램을 따로 해드리고 싶었지만, 평일엔 바쁘단 핑계로 나조차도 이분들을 제대로 챙기질 못했다.

어느 주말 오후, 인계가 조금 일찍 끝났다. 기회라고 생각한 나는 근무한 멤버들과 함께 와상 어르신들께 전래동화책을 읽어드리기로 했다. 한 사람이 한 분의 어르신을 맡아 책을 읽어드렸다. 평소엔 눈도 잘 뜨지 않던 어르신들이 책을 읽어드리는 5분 정도의 시간 동안 눈 깜빡임 한 번 없이 끝까지 쳐다보시고 때론 소리 내어 웃기도 하셨다. 어르신이 동화책 내용을 다 이해하셨는지 아닌지는 중요하지 않았다. 그저 우리의 목소리로 전해지는 기쁨, 설렘, 슬픔, 놀람, 화남, 두려움, 희망 등의 다양한 감정들을 어르신들도 그대로 느낄 수 있었을 테니 말이다. 이날 이후 나는 틈틈이 시간이 날 때마다 어르신들 곁에서 책을 읽어드렸다. 어느 어르신은 가만히 책을 쳐다보다가, 내가 페이지를 넘기려 하면 손을 책 쪽으로 들어 쓰다듬는 모습을 보이기도 하셨다. 그림이 맘에 드셨던 걸까? 아님 누군가가 생각난 걸까? 어떤 어르신은 다른 페이지에서는 이내 얼굴을 찡그리며 고개를 젓기도 하셨다. 어느 날은 어떤 어르신에게 『심청전』을 읽어드렸는데, 심청이가 바다에 몸을 던지는 장면에서 흐느끼며 우셨다. 말로 표현만 못할 뿐 분명 심청이의 마음을 느끼셨던 것이다.

어르신들에게 이런 소소한 기쁨과 위로를 전하는 일은 사실 그리 어려운 일이 아니었다. 단지 내 시간을 내어 그분들과 함께하는 것만으로도 충분했다. 내 진심을 담은 따뜻한 시선과 온기를 담은 손길 한 번, 마음을 담아 짓는 미소 한 번이 어르신들에게 작은 행복을 전할 수 있었다. 그렇기에 난 앞으로도 계속해서 어르신들의 마음속 깊은 곳부터 작은 행복의 씨앗을 심어가고 싶다. 매일의 경험을 통해 어르신들을 더 잘 이해하고 존중하는 진정한 돌봄을 실천하며 이 길을 걷고 싶다.

치매병동의 하루는 늘 반복되는 듯하지만, 내게는 단 하루도 같은 날이 없었다. 매일매일의 이 작은 순간들이 모여 나에게 새로운 깨달음을 주었고, 나의 소명을 더욱 확고히 해주었다. 돌봄이라는 나무 위에 핀 소명의 씨앗들은 나의 삶 속에서 뿌리부터 단단하게 자라날 것이다. 치매 어르신들을 바라보며 걷고 있는 이 길 자체가 내가 가진 특권이자 내 삶의 축복이다.

존중받아 마땅한
어르신들의 삶

　TV나 유튜브 혹은 책에서 많은 돌봄자, 보호자들이 치매 어르신과 대화하는 장면들을 보면 어르신을 아이처럼 대하는 경우가 많다. 현장에서도 마찬가지이다. 대부분의 사람들이 어르신의 행동을 보며 '아이처럼 변해버린'이라고 표현하며 '아이 키울 때처럼' 돌봐야 한다고 생각하는 것 같다. 하지만 내 생각은 다르다. 이분들은 단지 치매라는 질환이 있는 '어른'이다. 절대 아이와 같지 않다. 치매 어르신들이 인지 기능 및 판단력이 저하되어 대화하기 어렵고 이해되지 않는 행동들을 하신다고 해서 이분들이 살아오신 세월과 삶의 흔적이 사라지는 건 아니다. 그런데 많은 사람들이 그걸 잊고 단지 현재 보이는 어르신들의 기능 상태로만 판단해서 안타깝다.

　유현 어르신은 유명 대학의 교수님이셨다. 우리의 옷차림으로 직종을 구분하실 정도의 인지능력이 있는 분이었다. 어르신이라는 표현을 싫어하셔서 늘 교수님이라고 불러야지 대답하셨다. 어느 날 어르신은 화가 잔뜩 난 상태로 평소에 보시던 일본어 책을 갈기갈기 찢고 있었다. 당신 가까이만 가면 책들을 던지며 더 흥분하셔서 다들 병실 밖에서 지켜보고만 있었다. 어르신이 이렇게 화를 내신 사건의 전말은 이랬다. 그날은 어르신 목욕 날이었다. 간병사가 어르신을 모시러 왔는데 어르신은 지금은 공부하는 중이니 나중에 오라고 하셨다고 한다. 그런데 간병사가 "지금 안 하면 나중에 밀려서 목욕 못 하지. 안 그래도 바빠 죽겠는데 알 만한 양반이 왜 이럴까?" 하며 억지로 휠체어를 밀고 목욕탕으로 모시고 갔다고 한다.

어르신은 평소에도 일본어 공부를 하고 있을 땐 혈압 재는 것도 거부하시곤 했다. 공부를 해야 기억력이 돌아온다고 생각해서 대부분의 시간 동안 일본어를 공부하는 분이었다. 그런데 목욕해야 한다고 억지로 휠체어를 밀고, 존대가 아닌 반말을 했으니 어르신이 화내시는 건 당연한 일이었다. 어르신은 당신이 무시당했다고 생각하셨던 것이다. 나는 어르신께 죄송하다고 사과드렸다. 그리고 간병사 교육을 다시 하겠다고, 노여움 푸시라고 말했다. 그제야 어르신은 화내는 걸 멈추셨다. 만약 이날, 그저 어르신이 흥분해서 책을 집어던졌다고만 담당의에게 보고했으면 약이 추가되었을지도 모르겠다.

치매 어르신들이 어떨 땐 도무지 이유가 없는 것 같은데 무작정 화내는 경우도 있다. 하지만 대부분의 경우는 돌보는 사람의 잘못된 접근 방식이나 존중하지 않은 태도에서 비롯되기도 한다는 걸 잊지 말아야 한다.

이은 어르신은 간호사셨다. 대학병원 간호 부장을 역임하고 대학 겸임교수를 지내시기도 했고, D 지역에서는 많은 간호사의 롤모델 같은 분이었다고 한다. 보호자에 따르면 당신 스스로 치매라는 걸 아셨으면서도 약물 치료를 거부하고 몇 년을 버티다가 급작스레 상태가 안 좋아져서 요양원에 머무셨다. 그곳에서 케어를 거부하며 폭력성이 나타나 정신과 진료를 받았다고 한다. 폭력성이 조절되지 않아 계속해서 항정신성 약물들이 증량됐다고 한다. 몇 달 전부터 어르신의 사지 근육이 뻣뻣해지고 표정이 없어졌고, 대화도 안 되는 상태가 됐다고 한다.

담당의는 추체외로계증상Extrapyramidal symptom, EPS으로 보고 어르신이 그때까지 드시던 모든 약을 중단시켰다. 추체외로계증상이란 항정신성 약물로 인한 부작용 때문에 나타나는 운동장애이다. 불수의적인 근육 경련, 긴장, 구축 등의 증상을 보이며 파킨슨병의 증상을 보이기도 한다.

약 복용을 모두 중단하자 한동안 어르신의 식이 거부가 심해졌다. 한번은 어르신 식사를 보조하던 중 수저를 들고 있는 내 손을 어르신이 뒤로 꺾으셔서 내 오른손 엄지손가락이 미세골절된 적도 있었다. 하지만 시간이 지날수록 어르신은 조금씩 적응하는 듯 거부가 줄어들고, 하루하루 병동 생활에 익숙해지셨다.

몸에 쌓여 있던 약물들이 조금씩 빠져나가자 어르신은 과거의 모습으로 돌아가시는 듯했다. 휠체어에 앉아서 컴퓨터 자판을 치는 모습을 보이기도 했고, 우리가 다른 어르신들을 케어하고 있으면 지시하듯 "저쪽으로, 그건 그렇게 하면 안 돼요"라며 참견하시기도 했다. 어느 날은 실습 나온 학생들에게 "훌륭한 간호사가 돼야 해. 잘 배워. 그래야 해", "너는 목소리를 좀 크게 말해야지. 행동도 크게 하고"라고 말하시기도 했다.

어르신은 가끔은 완전히 원래의 모습으로 돌아오기도 했다. 그럴 때면 멤버들에게 "넌 좋은 사람", "넌 별로야", "넌 좀 웃어"라고 하시곤 했다. 내가 "어르신, 저는요?" 하고 물으면 언제나 이렇게 말씀해주셨다. "선생님은 좋은 간호사예요. 앞으로 분명 진주같이 빛나는 그런 보석 같은 간호사가 될 거예요." 어르신은 다른 멤버들에겐 늘 반말로 말씀하시면서도 나에게는 존대를 해주셨다.

어르신은 유독 약물에 예민하게 반응하셔서 담당의가 약물 조절에 애를 먹었다. 폭력적인 행동이나 케어 거부가 심해져서 약을 쓰면 금세 까라지거나 몸이 굳었고, 약을 빼면 다시 폭력적으로 변하셨다. 어르신은 삼킴 장애가 심해서 콧줄을 했다가도 컨디션이 돌아오면 다시 입으로 식사하시는 등 컨디션도 들쑥날쑥했다.

그 와중에 어르신이 유독 케어 거부가 심한 순간이 있었는데 바로 기저귀 케어였다. 간병사가 옷을 벗기려고만 하면 어르신은 발버둥 치며 온몸으로 거부하며 밀어내셨다. 아마도 어르신의 자존심이 허락하지 않았으리라. 당신의 그곳을 낯선 사람이 그것도 거칠게 다루는 것이 싫으셨을 것이다.

어느 날 나는 어르신 침상에 걸터앉아 이런저런 이야기를 하다가 커튼을 치며 "어르신, 엉덩이 축축하지 않으세요? 제가 잠시 봐 드려도 될까요?" 물었다. 어르신은 나지막이 "네" 하고 대답하시곤 아무런 저항이나 거부 없이 내게 몸을 맡기셨다.

내가 외국계 회사에서 기저귀 간호사로 일할 때 많은 요양원, 요양병원에서 커튼이나 가림막도 없이 어르신들의 기저귀 케어를 하고 있었다. 또한 어르신들께 아무런 설명도 없이 무턱대고 바지부터 내리려고 하는 것을 많이 목격했다. 어르신들의 수치심이라는 감정을 무시하는 태도인 것이다. 치매 어르신들도 감정이 있다. 누군가가 나의 옷을 벗기려 하고, 내 소중한 부위를 만지려 하면 불안함, 두려운 감정이 생길 수밖에 없다. 그 불안감이 거부로, 폭력으로 나타나기도 하는 것이다. 어르신들의 기저귀 케어를 할 때는 대상이 '어른'이라는 걸 반드시 기억했으면 한다. 그렇게 이분들을 존중하는 마음부터 가졌으면 좋겠다.

내가 시어머님 일 때문에 고민할 때면 언제나 내게 현답을 주시던 어르신이 계셨다. 배숙 어르신은 오랜 세월 시어머니를 모시고 살면서 우울증 약을 오랫동안 복용하신 분이다. 배우지 못해 가난한 농부에게 시집와서 자식들 키우며 고생을 많이 했지만 그래도 후회한 적은 한 번도 없다고 말씀하시던 어르신. 언제나 내가 약을 드리면 이 약 개수만큼 더 오래 사는 거냐며 못 먹겠다는 농담을 하며 약을 드셨다. 어르신은 신기할 만큼 내 표정만 보고도 우리 집에서 무슨 일이 있었는지 알아차리셨다. 내가 별일 없다고 말하면 "그러다 나처럼 화병 생겨요. 말을 해서 풀어야지요" 하시며 내 이야기를 들어주곤 하셨다. 나는 늘 그런 어르신이 감사했다. 어르신은 그럴 때마다 말끝에 "이런 일자무식 할매한테 선생 이야기를 해주니 내가 더 고맙지요"라고 하셨다.

배숙 어르신 자제분들은 돌아가면서 자주 면회를 왔다. 늘 자식들에게도 인자하셨던 어르신. 그런 어르신은 날이 갈수록 뭐든 자주 잊으셨다. 약 먹은 것도, 목욕을 한 것도, 아들이 다녀간 것도 늘 잊으셨다. 하지만 단 하나 여전히 감사하는 마음만은 잊지 않으셨다. 우리가 혈압을 재드리거나 피검사를 하고 나면 항상 고맙다는 말을 잊지 않고 하셨다.

감사할 줄 아는 마음은, 현명함은, 지혜로움은 학력이 높다고, 부자여서, 직업이 좋다고 생기는 것이 아니다. 오랜 세월 살아오며 몸으로 터득한 경험에서 나오는 것임을 나는 어르신을 보며 배웠다.

나는 늘 이렇게 어르신들로부터 삶을 배웠다. 어르신들과의 경험들은 나에게 소중한 자산이 되어주었다. 어르신들의 이야기를 마음으로 듣다 보면 이분들이 살아오신 세월의 지혜를 분명 배울 수 있다. 치매 어르신의 이야기라고 혹시 흘려듣거나 판단하려고 하지는 않았는지 나를 다시 돌아본다.

진정한 존중은 어르신들의 이미 잊힌 기억이나 현재 모습에 초점을 맞추는 게 아니다. 그보다, 그간 어르신들이 살아내신 삶의 경험과 순응했던 인내의 시간들임을 잊지 말자.

진심이 된다는 것,
전해지는 마음

    매일의 돌봄 속에서 진정한 위로는, 어쩌면 뜻밖의 순간들에 다가왔다. 말없이 마주한 눈빛 속에서 잠시나마 어르신들이 나를 이해하고 있음을 느꼈던 그 찰나들, 흐릿한 기억 속에서도 어르신들이 전해주는 진심은 말로 표현되지 않아도 내게 위로가 되었다. 돌봄을 주는 사람이 나라고 생각했지만, 사실은 어르신들이 나에게 말없는 위로를 전하고 있었다.

    신숙 어르신은 90 가까운 나이였고, 당신이 사립 여고 출신이라는 것에 자부심이 강했던 분이었다. 미국에서 딸들과 생활한 15년에 대한 기억이 인생에 가장 행복했다고 말하시던 분. 우리만 보면 미국 생활 이야기를 하려고 하고 손자, 손녀가 미국에서 회계사, 의사를 하고 있는 것에 대한 자랑이 유일한 낙이었던 분이다. 귀국한 지 4년이 넘었지만 어르신은 늘 그때를 어제 일처럼 말하고 미국과

한국을 비교하시며 병원 생활에 대한 불만을 토로하셨다. 내가 미국에서 간호사로 일했다는 사실을 알고 나서부터 유독 나에게 집착하셨다.

어르신은 직장암으로 장루를 가지고 있어 매일 소독이 필요했다. 하루는 야간 담당자가 퇴근 전에 분명 어르신에게 소독해드렸는데 맘에 들지 않는다며 내게 다시 해달라고 요구하셨다. 상처를 확인하니 터진 곳도 없고 잘 붙어 있었다. 어르신께 안 해도 될 것 같다는 말을 하지 못한 채 나는 새로 소독을 해드렸다. 그러곤 힐긋 어르신 서랍장을 보니 파란 보자기가 눈에 띄었다. "어르신, 저건 뭐예요?"라고 묻는 내게 어르신은 주섬주섬 보자기를 꺼내 펼치며 보여주셨다. 그 안에는 어르신이 미국에 있을 때 찍은 사진들이 있었다. 내가 관심을 보이자 어르신은 사진 한 장 한 장에 담긴 추억들을 이야기하셨다.

분명 어르신은 미국에서 행복했다고 하셨는데, 그때의 추억들을 늘 자랑처럼 이야기하셨는데 사진 속 기억들에는 원망과 후회만 남아 있었다. 당신이 머나먼 이국땅에서 겪은 서러움과 외로움, 그리고 마침내 이곳에 버려진 것에 대한 분노였다. 나는 그런 어르신을 가만히 안아드렸다. 그 뒤 나는 틈이 날 때마다 어르신의 이야기를 들었다. 이미 들은 이야기들이지만 처음 듣는 것처럼 듣고 또 들었다. 내가 병원을 그만둘 때 어르신은 내게 초콜릿 한 상자를 건네셨다. "선생님, 나 죽기 전엔 꼭 한번 왔다 가요"라며 우시던 어르신. 내가 3년 뒤에 다시 이곳으로 돌아왔을 때 여전히 나를 잊지 않으셨던 신숙 어르신. 그러곤 매일같이 내게 새우깡, 빵, 과일 등을 주시며 내가 돌아온 것을 반가워해주셨다.

하루는 병원 입구에 들어서자 "꼬기오, 꼬꼬꼬" 하는 소리가 1층 병동을 가득 채우며 울렸다. 이진 어르신이었다. 100세를 앞둔 어르신은 어두운 밤이 되면 날이 밝아올 때까지 매일을 이처럼 닭이 우는 소리를 내셨다. 입원한 지 2년 정도 된 이진 어르신은 매번 "나 죽고 싶어. 자식들 고생만 시키고 이제 그만 죽어야지. 너무 오래 살았어"라고 말씀하시곤 했다. 어르신은 식탐도 많으셨고 돈 욕심도 많으셔서 자제분들이 올 때마다 용돈을 요구하셨다.

어르신은 그렇게 어쨌든 잘 지냈지만 하루가 다르게 컨디션이 떨어지셨다. 어느 순간부터는 식사도 제대로 못 하고, 앉아 있을 기력도 없어 내내 침상에만 계셨다. 어르신은 유독 전동침대 전깃줄에 집착을 보이며 자꾸 빼려고 애쓰셨다. 그때마다 나지막이 누군가랑 이야기하듯 말씀하셨다. "저승사자야, 저리 가. 나 안 가. 아직은 못 가. 저리 썩 꺼져." 예전 20세기에 유행했던 말 중 대한민국 3대 거짓말이라며 패러디되던 농담이 있었다. 처녀가 시집가지 않겠다는 말, 장사꾼이 밑지고 판다는 말, 그리고 마지막은 노인이 일찍 죽고 싶다고 하는 말이었다. 그랬다. 어르신은 당신이 죽을까 봐 두려우셨던 것이다. 그래서 검은 전깃줄을 저승사자로 생각하셨고, 밤이 되면 저승사자가 데려갈까 무서워 빨리 날이 새기를 기원하며 당신이 대신 닭 우는 소리를 내셨던 것이었다. 어르신은 결코 당신이 죽는 걸 원하지 않으셨다.

그렇게 일주일이 지났다. 식사를 제대로 못 하니 어르신은 점점 더 기력이 떨어지셨다. 보호자들은 계속 거부했던 콧줄을 이제는 해달라고 요구했다. 하지만 어르신은 그건 싫으셨는지 콧줄을 계속 빼버리셨다. 담당의는 안전을 위한 손 장갑 보호대를 처방했지만 나는 할 수가 없었다. 대신 어르신께 "어르신, 콧줄 하셔야 더 사실 수 있어요. 이거 안 하면 정말 이대로 어르신 돌아가실 수도 있어요"라고 말했다. 그 뒤 어르신은 손 장갑 보호대를 하지 않아도 콧줄을 더 이상 빼지 않았다. 컨디션이 조금씩 회복되던 어르신은 내가 당신 옆에 다가가면 가만히 나를 쳐다보며 손을 잡아주시곤 했다. 그러곤 나를 보며 희미하게 웃어 보이셨다. 이날이 어르신의 마지막 모습이었다. 어르신은 이날 이후 의식이 없어진 채 며칠을 더 버티시다가 끝내 돌아가셨다. 그 죽음은 당신이 바라시던 것이었을까? 나는 어르신이 부디 억울하지 않으셨기만을 간절히 바랬다.

정철 어르신은 쉽사리 곁을 내주지 않는 분이었다. 입원하신 지두 달이 넘었음에도 아침에 인사해도 쳐다보지도 않고, 묻는 말에 대답도 잘 해주지 않던 무뚝뚝한 경상도 분이셨다. 모든 프로그램도 거부하셨던 어르신은 입원 때 가져오신 작은 수첩에 매일 뭔가를 쓰는 듯했다. 무얼 쓰시나 싶어 흘깃 쳐다보면 어르신은 수첩을 덮어버렸다. 한참 후에야 어르신이 화가였다는 걸 알았다. 그 뒤 어르신께 A4 사이즈의 스케치 노트를 한 권 사다 드렸다. 어르신은 별말 없이 내게서 노트를 받아 들고는 무심하게 서랍장 위로 툭 하고 던지셨다.

서랍장 위에 한동안 덩그러니 놓여 있던 노트. 그러다 어느 날부턴가 그 노트에 어르신은 그림을 그리시기 시작했다. 주로 물건들을 그렸는데 그중에서도 특히 담뱃갑을 자주 스케치하셨다. 평생 담배를 한 번도 피워보지 않았다는 어르신이 매번 담뱃갑을, 그것도 종류별로 그리는 게 신기해서 "어르신, 진짜 담배 안 피워보신 거 맞아요? 담배 종류가 이리 많은 건 어떻게 아세요?"라고 내가 물으니 귀찮다는 듯 "꼭 먹어봐야 아나, 그 거기… 그… 파는데…" 하며 버럭 화를 내시고 일어나 병실로 들어가버리셨다. 구멍가게, 슈퍼마켓, 마트 등을 말하고 싶었으나 단어들이 떠오르지 않으니 화가 나셨을 터였다.

그 후 정철 어르신은 담뱃갑은 더 이상 그리지 않고 이번엔 태극기만 그리셨다. 이번에도 나는 "어르신, 태극기가 연필로 그려지니 슬퍼 보여요. 색연필 드릴까요? 색칠해보실래요?"라고 물어봤지만 여전히 대답 없이 쓱쓱 그리시더니 방으로 들어가셨다. 또 어느 날은 "어르신, 저 좀 그려주세요. 네~" 하며 애교를 부려봤지만 어르신은 "난 그딴 건 안 그린다"라며 거절하셨다.

그러던 어느 날 지나가는 날 불러 세운 정철 어르신은 무심한 듯 노트 한 장을 쭉 찢더니 내게 내미셨다. 내 초상화였다. 어르신은 파킨슨병이 있었다. 손을 떨면서도 집중해서 그리셨을 내 초상화. 한참을 아무 말도 못하고 그림을 들여다봤는데 이내 눈물이 그림

위로 뚝뚝 떨어졌다. "거기다 울면 어떡하노, 그림 다 젖는다 아이가. 왜 울고 그라노. 그림이 맘에 안 드나?" 하시던 어르신. 그다음 날 정철 어르신은 당신 고향인 밀양에 있는 요양병원으로 옮기셨다. 초상화는 날 위한 이별 선물이었다.

나는 돌봄 속에서 어르신들의 진심을 매일매일 느꼈다. 지치고 힘든 순간 나를 보며 웃어주시는 어르신들의 눈빛은 내가 버틸 힘이 되어주었다. 어르신들이 말없이 건네던 격려와 감사는 내 열정을 언제나 뜨겁게 했다. "우리는 다른 사람들에게 남기는 감동의 깊이로 우리의 진정한 가치를 측정할 수 있다"라는 호주 작가 앤드루 매튜스의 말처럼 나는 어르신들과의 감동적인 경험을 통해 나의 가치를 체험하는 중이었다. 내가 어르신들에게 진심을 다하면 할수록 그 맘은 고스란히 나에게 다시 전해졌다. 그렇게 전해진 어르신들의 마음들은 내 속에 단단하게 뿌리내리고 있다.

다 잊어도
내 이름은 기억하는 사람들

　인생의 여정에서 우리는 수많은 사람과 만난다. 나 역시 치매 현장에서 수백 명의 어르신들을 만났다. 그중 대부분의 어르신들은 여전히 내 기억 속에 생생하게 남아 있지만, 일부는 시간이 흐르면서 흔적조차 사라져 기억 속에 없다. 치매를 가지신 어르신 입장에서는 인지능력과 기억력 저하로 인해 나에 대한 기억과 흔적이 희미해질 수밖에 없다. 어쩌면 나란 존재를 기억하지 못하는 것이 너무나 당연할지도 모른다. 하지만 이러한 상황 속에서도 어떤 어르신들의 기억 속에는 내가 지워지지 않고 가슴 깊이 남아 있다는 것을 난 자주 경험했다.

　나는 매일 아침 라운딩하며 각 병실로 들어설 때마다 큰 소리로 외쳤다. "오늘은 20○○년 9월 12일 목요일 오전 7시 20분, 저는 서은경 간호사입니다." 그래서였을까? 3년이 지난 후 돌아왔을 때 그때까지도 내 이름을 기억하는 어르신들이 있었다. 이미 인지 기능 저하도 심한 상태였고 자녀들 이름도 잘 기억하지 못하던 어르신들이었지만 유일하게 내 이름만은 기억하셨다.

　병원으로 다시 돌아왔던 그날, 이동 어르신과 나주 어르신은 나를 보자마자 죽은 딸이 살아 돌아온 것처럼 나를 안아주며 반가워해주셨다. 특히 나주 어르신은 보는 사람들에게 내가 돌아왔다며 자랑하셨다. 유난히 하얀 피부를 가지셨고 늘 호탕하게 웃어주시던 어르신. 외출 나가실 때면 한껏 멋을 부리셨고 중절모자를 쓴 모습이 멋진 영국 신사 같았던 어르신. 언어장애가 있어 말을 더듬긴 하셨어도 내 이름 세 자를 항상 또박또박 이야기해주시던 어르신. 자제분들이 면회를 오면 항상 나를 소개해주셨다. "인사들 해. 여기가 우리 간호사. 그 서은경 선생이야. 좋아. 아주 좋아." 그래서 나는 보호자인 아드님들과도 가깝게 지냈다. 큰아드님은 암 투병 중이었는데 늘 면회 올 때마다 내게 "우리 아버지가 저보다 오래 사시면 곤란한데. 그런 불효는 저지르면 안 되는데. 서 간호사님, 그러니까 아버지한테 너무 잘해드리지 마요"라며 슬픈 농담을 자주 하시곤 했다. 다행인지 불행인지 그런 일은 생기지 않았다. 마지막 돌아가실 때까지도 내 이름을 기억해주셨던 나주 어르신이 너무 그립다.

　어느 날 오후 근무 팀에 업무 인계를 마치고 병동 내 낙상 알람 패드 작업 때문에 컴퓨터 앞에 앉아 있는데 누군가가 내 이름을 부르셨다. 신자 어르신이었다. "은경아, 나 티켓 어떻게 해? 오늘은 집에 갈 수 있지?" 어르신은 최근 한 달 전부터 귀가 요구 및 도둑망상이 심해져 하루에도 수십 번씩 간호사실로 와서 집에 가는 티켓을 요구하셨다. 지난주까지는 직원들만 보면 본인 자동차 열쇠 내놓으라며 소리 지르고, 유리창 너머 보이는 차들이 본인 차라며 타고 가야 한다며 흥분하곤 하셨다. 계속 출입구 문 앞에 서서 잠도 안 주무시고 식사도 안 하셨는데 이번 주 들어 그나마 조절되어 티켓만 요구하는 상태였다.

단기기억장애가 심했던 신자 어르신은 아들 둘도 가끔 헷갈려 하셨고 아들 이름 말고는 대부분의 기억을 잊으신 상태였다. 하지만 신기하게 내 이름은 잊지 않고 기억하셨다. 다만 나는 어르신에게 간호사가 아니었다. 나는 어르신에게 때로는 딸이기도 했고, 동생도 되었다가 시누이도 되었다가 선생도 되었다. "어르신, 은경이가 이미 4시 표 끊어놨어요. 제일 편한 자리로 해놨어요. TV 보고 계세요. 은경이가 차 시간 되면 알려드릴게요" 하자 환하게 웃으며 "역시 우리 은경이가 짱이야"라고 말하며 보행 보조기를 밀고 비틀거리며 로비 쪽으로 가셨다. 내가 어르신에게 무엇이었든 중요하지 않았다. 그저 어르신이 나를 기억하고 나로 인해 안심한다는 것만으로 충분했다.

어르신 모두가 내 이름을 기억해주시진 못했다. 하지만 나란 사람의 존재를 기억해주시는 것만으로도 나는 항상 감사했다. 조순 어르신은 병동 이동을 세 번이나 하신 분이었다. 간병사에 대한 불만으로 병실도 여러 차례 옮기고, 간병사도 수없이 교체되었다. 이번에 다시 우리 병동으로 오셨을 때 우리는 두 아드님께 다짐까지 받았다. 두 번 다시 병실·병동·간병사 이동은 없는 걸로 말이다. 어르신은 유독 본인 마음에 안 드는 사람에 대한 망상이 심한 상태였다. 하지만 이런 어르신도 믿고 의지하던 유일한 사람, 그게 바로 나란 존재였다. 어르신은 불만이 있거나 하면 항상 나를 찾아와 하소연하시곤 했다.

조순 어르신은 오랜 당뇨 합병증으로 망막장애가 있어 시력이 안 좋은 상태였다. 그럼에도 나를 목소리로, 어렴풋이 보이는 체형으로 기억하시는 듯했다. 우리 병동에는 나와 체형이 비슷한 후배 간호사가 있었다. 하루는 어르신이 이 후배 간호사를 나로 착각하고 "선상님~ 아들이 몇 살이라고 했지요?"라고 물으셨다고 한다. 후배 간호사는 "어르신, 저 수샘 아니에요. 그리고 전 시집도 안 갔어요"라고 했다고. 며칠이 지났다. 조순 어르신이 간호사실로 와서 나에게 "선상님~ 내가 아들이 두 명 있는데 내 아들하고 만나봐요"라고 하셔서 모두가 한참을 웃었다. 날 며느리 삼고 싶으셨나 보다. 나는 정중히 사양했다.

임수 어르신은 처음 입원하셨을 때 산속 신령님의 모습이었다. 긴 수염에 덥수룩한 머리, 뭣보다 개인위생이 엉망이어서 온몸에서 냄새가 심했다. 보호자는 입원 상담할 때 어르신이 케어에 대한 거부가 너무 심해서 1년 넘게 양치도 제대로 못 한 상태라고 말했다. 하지만 어르신은 3일 만에 우리 병동에 완전히 적응하셨다. 순순히 목욕도 하시고 이발도 하셨다. 일주일 뒤 면회하러 온 보호자분들은 어르신의 달라진 외모만큼이나 온화해지신 어르신의 모습에 만족해하며 우리를 무조건적으로 신뢰했다.

어르신은 언어 기능에 문제가 있어 명확한 단어나 문장을 사용하는 데 어려움이 있었다. 의사소통할 때 "그거", "아", "저…"와 같은 불확실한 표현을 주로 사용하셨다. 그렇다 보니 평소에는 문제가 없지만 간병사가 본인 말을 이해하지 못하거나 제대로 따라주지 않으면 폭력적으로 변하셨다. 하지만 화나 있는 어르신에게 "아부지, 무서워요. 화내지 마세요. 우리 좀 걸을까요?" 하며 내가 손을 내밀면 어르신은 언제나 내 손을 잡고 걸으셨다. 어느 날은 간호사실 쪽으로 오셔서 뭔가를 찾듯이 두리번거리시다가 내가 보이면 세상 시크한 미소를 짓고는 다시 병실로 가시던 어르신. 나의 업무 마지막 날 내가 인사드리자 내 손을 한참 잡아주셨다. 문득 어르신이 보고 싶어 내 사진첩을 열어 뒤져보지만, 안타깝게도 어르신 사진은 없었다.

내 사진첩은 수많은 어르신 사진들로 가득하다. 사진을 보다 보니 또 한 명의 어르신이 눈에 띄었다. 얼마 전 꿈에도 보였던 송임 어르신. 어르신은 와상 환자였다. 침상에 누워 있다가 당신이 불안하거나, 필요한 게 있을 때면 늘 자신의 이름을 웅얼거리듯 이야기하신 분이었다. 어르신의 주 보호자였던 따님은 어르신이 휠체어 활동을 적극적으로 하시기를 원했다. 문제는 어르신은 복부 탈장이 있어서 휠체어도 특수 대형 휠체어만 타셔야 했다는 점이다. 어르신을 휠체어에 태워드리는 게 쉽지는 않았다. 그래도 매일 어르신을 시트로 감싸고 직원 네다섯 명이 붙어 휠체어에 태워드렸다. 안정상의 위험 부담이 늘 있던 상태라 담당의도 나도 매번 노심초사하며 태워드렸다. 어르신은 가끔 컨디션이 좋을 때면 날 알아보시며 "내가 아는 사람, 나 너 알아~" 하며 웃어 보이기도 하셨다.

시간이 지나면서 많은 것이 변할 수 있지만, 사람의 마음속에 남아 있는 특별한 감정은 여전히 강력한 힘을 발휘한다. 내가 남긴 작은 인상이 어르신들에게 이렇게도 의미를 갖는다는 사실에 가슴이 벅찰 때가 많았다. 어르신들이 많은 변화 속에서도 내 이름과 기억을 간직해주셨던 그 순간들이 내게 얼마나 소중했는지를 돌아본다. 어르신들의 사랑과 기억 속에서 나 역시 의미를 찾을 수 있으니 말이다. 이 소중한 순간들은 단순히 지나가는 시간이 아니라 서로의 삶을 연결하는 끈이 되어준다. 나는 어르신들의 따뜻한 시선 속에서 위로를 받았다. 어르신들이 남긴 사랑의 흔적들이 내 삶에 젖어들어 내가 지칠 때마다 그 기억만으로도 내게 힘이 되어주었다.

우리는 서로의 기억 속에 머무른다. 어르신들과 마음을 나누던 일상은 단순히 흘러가는 시간이 아니었다. 어르신들과의 일상들은 내 삶의 특별한 하루하루들로 채워져가고 있었다. 내가 호흡하는 모든 순간에는 어르신들이 함께했다.

집에 가는 건
다음에

치매병동의 모든 출입문은 지문을 찍거나 비밀번호를 눌러야 열린다. 배회하는 어르신들의 탈출을 예방하기 위한 선택이다. 오후 1시, 오늘도 오후 근무자들은 병동으로 출근하지 못한 채 다들 엘리베이터 앞에 가만히 서 있었다. 점심 이후부터 시작된 김희 어르신의 귀가 요구로 출입구가 점령당했다. 문이 열림과 동시에 어르신이 뛰쳐나갈 것을 알고 있기에 오후 근무번들은 들어오지도 못하고 안쪽 상황만 주시하고 있었다.

어르신 양손에 가득 들려 있는 짐들을 물끄러미 바라보다 내가 한마디했다.

"어르신, 근데 이 기저귀는 누구 거예요? 어르신은 이런 기저귀 안 하시잖아요. 어~ 이거 장영 어르신 것 아니에요?"

"아~ 뭐라 하노. 이거 우리 며느리가 어제 사다주고 간 건데. 이

거 내 꺼다."

"어? 그래요? 어제 며느님이 오셨었나요? 제가 기억이 안 나서 그러는데, 며느님한테 전화 한번 해볼까요?"

"그래, 전화해보자. 아니, 날 왜 여기서 못 나가게 하는지도 직접 물어봐야겠으니 어여 전화해봐라."

그렇게 어르신을 간호사실에 있는 전화기 쪽으로 유인하는 데 성공했다. 그제야 오후 근무번들은 출입구를 통과해서 출근했다. 이런 소소한 이벤트는 치매병동에서 일어날 수 있는 가장 흔하고도 가장 가벼운 케이스다. 대부분의 어르신들은 아무리 화제를 전환하거나 공감하는 태도를 보인다고 해도 꿈쩍 않고 출입구를 사수하실 때가 많다.

오전 인계가 끝나기가 무섭게 어르신 한 분이 출입구에 버티고 "문 열어. 나 나가야 해" 하며 귀가 요구를 하셨다. 이임 어르신이었다. 어르신은 하지정맥류가 있어 양다리가 늘 부어 있었다. 겨우 보행 보조기에 몸을 거의 걸친 채로 밀듯이 보행하다 보니 보행이 불안정하여 낙상 위험이 높은 상태였다. 몇 주 전부터 집에 도둑이 들어서 가야 한다거나 집이 팔렸으니 해결하러 가야 한다는 두 가지 이유로 귀가 요구 중이었다. 하루에도 수십 번씩 간호사실에 나와 귀가 요구를 하며 실랑이를 했다. 항정신성 약물 용량이 증량되고 있었으나 전혀 효과가 없는 듯했다.

이날은 어르신의 귀가 요구가 아침 일찍부터 시작되었다. 담당의가 올 때까지 기다리시라는 말도 이제 통하지 않고, 무작정 소리 지르며 문 열어달라고만 하셨다. 어르신은 지난달 하지정맥류 때문에 대학병원 진료를 받았다. 침상에서 안정을 취하며 다리를 심장보다 높게 올려 유지해야 하고, 압박스타킹을 착용해야 했지만 어르신은 전혀 협조하지 않았다. 언제 입으셨는지 그 더운 여름에 두꺼운 겨울 점퍼까지 껴입고 당신 가방을 챙겨 둘러메고는 출입구 앞에 버티고 서 있었다. 처음에 나는 그저 모르는 체했다. 하지만 문 너머 엘리베이터 앞에 식당 카트가 대기 중인 것을 확인하고는 어르신께 다가갔다. "어르신, 집에 갈 때 가더라도 아침 식사는 하고 가세요. 기운이 있어야 집에 가죠"라는 내 말에 순순히 방으로 들어가셨다.

시간이 흘러 어르신들의 점심 식사가 거의 끝나갈 무렵 밖이 소란스러워졌다. 나는 라운딩하던 걸 멈추고 그쪽으로 향했다. 아침부터 귀가를 요구했던 이임 어르신이 실습 나온 간호대 학생들 세 명에게 둘러싸여 흥분한 채 욕을 하고 있었다. "이 시팔것들이 비키라는데 왜들 이래. 죽고 싶어. 저리 가라고. 나 집에 가야 한다는데 왜들 막고 지랄들이야. 나와. 내 잠바는 어쨌어?" 하며 소리를 질렀다. 학생들은 당황해하면서도 어르신을 설득하려 애쓰고 있었다. 그중 한 명은 어르신을 붙잡고 또 다른 한 명은 어르신의 보행 보조기를 손으로 잡고 있었다. 나머지 한 명은 나름 학교에서 배운 지식을 토대로 어르신에게 공감 대화법을 시도하고 있었지만 먹힐 리가 없었다. 내가 다가가자 "선생님, 나 담당의 선생님이 집에 가도 된다고 했잖아요? 문 좀 열어줘요. 나 좀 가게. 그리고 내 잠바도 저년들이 가져갔어” 하셨다. 나는 간병사님에게 점퍼를 가져오라고 말하며 출입문에서 조금 떨어진 곳으로 어르신을 모시고 가서 앉도록 했다. 어르신은 점퍼를 받아 들더니 금세 다시 화를 내며 흥분하기 시작했다.

“선생도 저것들이랑 한패지? 응? 나 못 가게 하려고 이러는 거 아니야?”

“아임 어르신, 제가 잠바 찾아드렸으니 어르신도 제 부탁 하나만 들어주세요. 저 아직 점심도 못 먹었어요. 일단 점심 먹고 와서 이야기하면 안 될까요?”

“아이고, 우리 선생은 시간이 몇 신데 아직 밥도 못 먹었어? 배고프겠네. 얼른 밥 먹고 와요. 나 꼭 나가게 해줘야 해. 난 선생만 믿어요.”

어르신은 늘 밥에 진심이셨기에 금세 알았다고 수긍하셨다. 하지만 나와의 대화는 잊으신 어르신은 내가 점심 먹고 올라오니 여전히 간병사님과 실습 학생들을 상대로 귀가 요구 중이었다. 이제 어르신은 약이 잔뜩 오른 상태라 내가 어떤 설명을 해도 막무가내로 집에 가겠다고 “문 열어”라는 말만 되풀이하셨다.

나는 조용히 출입구 문을 열었다. 기다렸다는 듯이 어르신은 느리고도 불안정한 걸음으로 비틀거리며 문을 통과해 엘리베이터 앞으로 다가가셨다. 난 어르신 등 뒤에 대고 인사를 했다. “그럼 안녕히 가셔요. 어르신.”

"나 데려다줘야지. 내가 병원을 빠져나가게는 해줘야지. 나 따라와요."

나는 아무 말 없이 휠체어 하나를 가져와 밀면서 어르신 뒤를 따라 엘리베이터를 탔다. 1층에 내려서도 어디로 가야 할지 헤매던 어르신은 내게 또 물었다. 그렇게 여러 번의 물음 끝에 1층 마지막 출입구까지 다다랐다.

병원을 나서려면 출입구 유리문 두 개를 통과해야 했다. 첫 번째 문은 자동으로 열리지만 두 번째 문은 스위치가 위에 있어서 반대쪽에서 열지 않으면 열리지 않았다. 억지로 문을 열어보려 애쓰시는 어르신.

"어르신, 그 문은 저도 못 열어요. 그래서 제가 못 가신다고 말씀드린 거예요. 내일 담당의 선생님 오시면 다시 허락 맡고 가세요. 네?" 하며 달래자 어르신도 이내 힘드셨는지 내가 밀던 휠체어에 조용히 앉으셨다. 휠체어를 밀려는 순간 외근 나갔던 원무과 팀이 바깥쪽에서 들어오려고 했다. 나는 급하게 손짓으로 돌아가라고 신호를 보냈으나 눈치 없는 직원들이 그냥 문을 열어버렸다. 그러면서 "선생님 왜 그러세요? 문 고장 안 났어요" 했다.

문이 열리자마자 어르신은 휠체어에서 일어나려고 했지만 엉덩이가 이미 무거워져 일어나지 못하셨다. 나는 어르신을 잡아주지 않고 그저 지켜보고 있었다. 이번엔 어떤 보호자 한 분이 문을 열고 들어오다가 어르신을 발견하곤 굳이 어르신을 도와 일으켰다. 어르신은 재빠르게 보행 보조기를 낚아채듯 잡아끌고 밖으로 나가버렸다.

병원은 문 앞이 비탈길로 되어 있어 어르신 혼자서 내려가는 것 자체가 위험했다. 나는 발로 보행 보조기를 브레이크 걸듯이 지지하면서 조금씩 따라갔다. 어르신은 비틀거리며 힘들어하시는 듯했다. 나는 중간중간 어르신에게 이제 그만 들어가자고 달래보았지만 어르신은 못 들은 체하며 계속 비탈길 쪽으로 향했다. 그렇게 10분쯤 비탈길로 가다가 지치시는지 내게 좀 잡아달라고 하셨다. "어르신 혼자 가실 수 있다면서요? 아마 이 속도로 가시면 버스 타는 데까지 오늘 하루 종일 가셔도 못 갈 것 같은데요? 일단 우리 오늘은 병실 가서 쉬고 내일 다시 가는 건 어때요?" 했더니 처음에는 안 된다고 고집을 부리셨다. 하지만 이내 어르신은 다리 힘이 점점 풀리시는지 주저앉으려 했다. 내가 가져온 휠체어를 슬쩍 밀었더니 아무 말 없이 휠체어에 앉으셨다.

하지만 비탈길 중간에서 오르막길이 돼버려서 내가 어르신을 암만 밀어도 휠체어가 꿈적도 하지 않았다. "선생님, 내가 엉덩이를 살짝 들어볼까? 그럼 밀릴까? 아이고 내가 무거워서 우리 선생님 죽네." 이 와중에도 어르신은 내 걱정을 하시며 날 웃게 만드셨다. 결국 나는 총무과 남자 직원에게 전화를 걸어 도움을 요청했다. 힘든 여정을 마치고 병실로 돌아와서 어르신을 침상에 눕혀드리니 피곤하셨는지 어르신은 금세 잠이 드셨다.

담당의에게 상황을 보고했더니 다시 약을 추가했다. 그러면서 다음에는 그냥 진정제 주사를 쓰라고 했다. 그러다가 어르신이 낙상이라도 하면 대형 사고라고 말이다. 누가 진정제 주사를 놓을 줄 몰라서 그랬겠는가. 단지 어르신에게 진정제 주사를 쓰고 싶지 않았을 뿐이었다. 그리고 혹시나 어르신이 이렇게 힘든 경험을 한번 하시고 나면 귀가 요구가 좀 적어지려나 싶은 생각에 나도 오기를 부려본 것이었다. 문제는 어르신의 단기 기억이었다. 그랬다. 어르신은 나와 밖에 나갔다 온 것 자체를 전혀 기억하지 못하셨다. 처음부터 다시, 오늘도 리셋이다.

준비된 이별이기에
더 아프다

    20년간 간호사로 병원에서 근무하면서 나는 수없이 많은 죽음
을 목격했다. 응급실에서는 때로 손쓸 틈도 없이 생을 마감한 환자
들을 보았고, 열심히 심폐소생술을 시도했지만 끝내 회복하지 못한
환자들도 많았다. 내과병동에서 근무할 때는 암 환자들이 많았다.
보호자도 환자도 이미 지칠 대로 지쳐 있는 상태였다. 퇴근할 때 인
사했던 환자들이 다음 날 출근하면 이미 돌아가셨거나, 근무 중 갑
자기 세상을 떠나는 경우가 잦았다. 그래서인지 내가 환자들과 친
밀한 관계를 형성할 시간조차 없었고, 죽음의 무게를 깊이 느끼지
못했던 것 같다.

    그러나 요양병원에서의 경험은 달랐다. 이곳에선 오랜 시간 동
안 함께해온 어르신들의 건강이 서서히 악화되는 과정을 가까이에
서 지켜보아야 했다. 어르신들의 고통이 그대로 나에게 전달되었

고, 이는 내 마음에 공허함을 남기기도 했다. 어르신들의 죽음은 단순한 임상적 사건이 아니라, 매일의 삶 속에서 나와 깊이 연결되어 있던 존재의 끝이었고 마침표였다. 그래서 어르신들의 마지막 순간이 때론 감당할 수 없는 무게로 날 짓눌러서 허무하기까지 했다.

이동 어르신은 5년 전에 부인과 함께 2인실에 입원하셨다. 당시 할머님은 이미 치매 말기 상태로 언어 기능, 일상생활 능력, 운동 기능 모두 상실한 상태였다. 그런 할머님을 어르신은 살뜰히 보살 피셨다. 그러나 6개월도 되지 않아 할머님은 하늘나라로 떠나셨다. 보호자분들은 혼자 남은 이동 어르신을 1인실로 이동시키기를 원했다. 그 당시 어르신은 우울감이 심했던 상태였다. 나는 이동 어르신이 다른 어르신들과 함께 지내는 것이 좋을 것 같다고 판단했다. 그래서 조심스럽게 다인실을 제안했고, 보호자분들은 내 의견을 따라주었다.

어르신의 자녀들은 정말 효자, 효녀들이었다. 매일 돌아가며 간식과 반찬을 가져왔고, 어머님이 돌아가신 후에도 아버지가 외로워하실까 봐 자주 찾아와 말동무가 되어주셨다. 자주 산책도 시켜드리고, 저녁 식사까지 마친 후에야 병원을 나가셨다. 그 변함없는 모습은 내가 3년 후 다시 돌아왔을 때도 여전히 이어졌다. 그러나 이런 보호자분들의 사랑과 관심에도 불구하고 어르신의 건강은 날로 쇠약해져갔다. 어르신은 좋아하던 간식도 더 이상 드시지 못하고, 미음조차 삼키기 힘들어하셨다. 매일 영양제에 의존하며 겨우 영양을 공급받던 어르신에게 담당 의사는 콧줄을 권했지만, 보호자분들은 강력히 거부했다. 어머님의 경험 때문이었다. 보호자분들은 어머님이 콧줄과 인공호흡기까지 모든 의학적 조치를 받았지만 마지막까지 고통스러워하셨던 것을 지켜봤기에 두 번 다시 경험하고 싶지 않다고 했다. 또 이동 어르신도 연명 치료를 원하지 않는다고 자제분들에게 자주 말씀하셨다고 했다.

어르신의 상태는 하루하루 나빠졌다. 예전에는 매일 아침 내 목소리에 가장 먼저 인사해주시고, 나만 보면 자동으로 하이파이브를 하시며 웃어주셨던 어르신. 이제는 내 목소리가 들려도 고개를 돌리시지도, 웃어주시지도 않으셨다. 어느 날 나는 기저귀를 착용한 어르신의 엉덩이 피부색이 변하고 있는 것을 발견했다. 며칠 전부터 열감이 있었고, 매일 항생제 주사와 아이스 팩을 사용하며 치료하고 있었지만, 어르신의 상태는 점점 악화되었다. 하루 종일 침상에 누워 계시고 식사도 제대로 못 하시는 상황에서 온몸의 혈액순환이 제대로 이루어지지 않아 몸의 불씨가 꺼져가는 것만 같았다.

보통 이 정도 상태가 되면 중환자실로 올라가야 하지만, 따님들은 매일같이 나에게 사정했다. 어르신이 지금 병동을 좋아하시고, 익숙한 곳에서 최대한 버텨보고 싶다고 했다. 이런 어르신을 그저 지켜보는 것은 내게 힘든 일이었다. 나는 매일 퇴근하면서 어르신께 작별 인사를 드렸다. 그동안 감사했고 행복했다고, 이제 평안히 쉬시라고 말이다.

그렇게 며칠 후 어르신 엉덩이 색이 보라색으로 변했고, 꼬리뼈

부근에도 욕창이 자리를 잡고 있었다. 이대로 두면 정말 어르신 몸 전체를 먹어버릴 것 같은 욕창이 위협하고 있었다. 이날도 어김없이 따님들과 아드님이 다녀가셨다. 나는 내내 어르신 옆에서 울기만 하다가 나가시는 보호자분을 붙잡았다. "따님, 아부지를 이젠 중환자실로 모셔 가야 할 것 같아요. 옆의 어르신들도 많이들 불안해하시기도 하고, 이제 제가 아부지 더 이상 못 보겠어요"라는 내 말이 떨어지기가 무섭게 따님들은 울면서 "서 선생님이 못 보시겠다면 그렇게 해야죠. 아이고, 울 아버지. 엄마 보고 싶으실 텐데도 저리 버티시네요. 그럼 선생님, 내일 옮길게요, 내일. 오늘까지만 좀 봐주세요"라고 말했다.

늘 그랬듯 난 어르신께 마지막 인사를 건넸다. 이번엔 정말 마지막 인사를.

"아부지, 저 이제 퇴근해요. 내일은 제가 오프여서 아부지 못 볼 수도 있어요. 아부지, 이제 그만 어무이 보러 가셔야죠. 어무이가 많이 기다리고 계신데요. 아부지, 지금 몸에 욕창 생기고 있어요. 피부 벗겨지기 시작하고 진물 나면 진짜 몸 금방 상해요. 아부지. 그리고 욕창 생겨 어무이한테 가면 어무이가 얼마나 걱정하시겠어요. 깨끗하실 때 가셔서 만나셔야죠. 이제 그만 가십시다. 네? 아부지, 이제 그만 편안하게 어무이 곁으로 가시게요. 아부지."

그다음 날 오전, 병원에서 전화가 왔다. 이동 어르신이 돌아가셨다고 말이다. 그 순간 서러움이 북받쳐 올랐다. 내 마음은 죄책감으로 가득 차 있었고, 마치 내가 어르신을 떠나게 한 것 같은 느낌이었다. 그 뒤에는 이제 더 이상 어르신을 뵙지 못한다는 그리움이 밀려왔다. 이미 몇 주 전부터 어르신과의 이별은 예정되어 있었다. 매일 매일 작별 인사도 했다. 그럼에도 불구하고 이 이별은 너무 아팠다.

원래 나는 환자분의 장례식에 간 적이 없지만, 이번만큼은 꼭 가야 했다. 그렇게 그곳에서 따님을 끌어안고 한참을 울었다. 따님이 조심스레 입을 떼셨다. "서 선생님, 감사해요. 마지막까지도 이렇게 아버지 생각해주셔서. 간병사님한테 말씀 들었어요. 서 선생님이 어제 퇴근하시면서 아버지한테 그만 가시자고 해주셨다면서요. 너무 감사했어요. 저희도 어머님 곁에 이제 그만 가시라고 말하고 싶었는데 못 했거든요. 아마 선생님이 그리 말씀해주셔서 우리 아버지가 선생님 말을 들은 것 같아요. 울 아버지 늘 선생님 말이라면 잘 들으셨잖아요." 난 무슨 말을 해야 할지 몰랐다. 하지만 곧이어 큰따님이 오시더니 날 안으시며 또 한참을 우셨다. 난 그렇게 장례식장에서 2시간을 따님들과 함께 울었다.

이순 어르신은 치매 진단은 받았지만 인지 기능이 저하된 것 외에는 큰 행동심리증상이 없이 조용하셨던 분이다. 보호자분들이 늘 "우리 어머니 100살까지만 살게 도와주세요"라고 소원하던 분이셨다. 아침 라운딩할 때 인사드리면 잠에서 덜 깨셨음에도 내 손이 차다며 당신 이불 속에 내 손을 꼭 잡고 넣어주시던 분. 식사 시간에 약 드리러 가면 늘 "밥 먹었어~ 어여 이거 먹어~" 하며 당신이 먹던 죽을 내게 건네던 마음 따뜻하셨던 분. 기저귀 케어할 때 쓱 보다가 깨끗해 보이면 "나 한 번 더 보고 갈면 안 돼? 아깝잖아~" 하며 휴지도 쪼개어 쓰시고, 물티슈도 접어가며 아껴 쓰셨던 분. 보호자분들이 간식을 사 오면 꼭 간병사님들도 같이 먹자며 나눠주시던 분이었다.

시간이 흐르면서 어르신이 식사할 때 반복해서 사레가 들리고 삼키는 것을 힘들어하셔서 콧줄을 권해드렸다. 하지만 주 보호자였던 아드님은 어머님이 늘 인위적인 건 싫어하셨다며 거부했다. 그렇게 몇 차례 사레 들림이 반복되어 흡인성폐렴으로 고생하시다 컨디션이 갑자기 나빠지셨다. 그래도 보호자분이 소원하던 100살 생신은 지난 후였다. 어르신 또한 아드님이 완강히 우리 병동에 있길 원하셔서 3개월째 의식도 없는 금식 상태에서 영양제에 의지한 채 누워만 계셨다. 그러다 몸의 부종도 심해지고, 수액이 팔다리로 흘러나오고, 간 기능과 신장 기능이 망가지고, 혈변이 지속되는 상태로 버티셨다. 장기가 다 망가지고 온몸에서 썩은 냄새가 나는데도 정신력으로 버티고 계시던 어르신은 결국 임종 면회를 위해 1인실로 옮겨졌다. 퇴근하면서 어르신께 마지막 인사를 건넸다. 그리고 다음 날 어르신이 오전에 돌아가셨다는 문자를 받았다.

어르신들과의 이별은 언제나 쓰라리고 아프다. 그래서 때론 어르신들 곁에 남아 있는 것이 두려워지기도 한다. 어르신들과의 이별은 어김없이 또다시 찾아오겠지만, 확실한 것은 그만큼 어르신들과 함께했던 순간들은 분명 행복하고 더없이 따뜻했다는 사실이다. 그래서 오늘도 아픈 추억보단 함께한 시간들을 떠올리며 그 소중한 기억들을 안고 그리움으로 살아간다.

신이 허락한
치유와 회복의 시간

나에겐 두 분의 시어머님이 있었다. 남편에겐 큰집, 그리고 본가가 있었다. 큰집에 자식이 없어서 본가의 큰아들이었던 남편의 호적이 큰집으로 되어 있었다. 내가 남편과 연애하던 시절에 큰아버님은 돌아가셨다. 상견례를 마치고 큰집에 인사드리러 갔을 때 어머님이 하신 말씀을 난 지금까지도 생생하게 기억한다.

"자는 내가 낳은 아들이 아니니 내 아들이 아닌기라. 근데 니는 이제 내 호적 밑에 있는 내 진짜 며느린기라. 그걸 절대 잊아뿌면 안 된다이."

작은 체구에 다부진 어머님은 14살에 시집오서서, 몸이 불편하셨던 큰아버님을 대신해 억척스레 집안을 일구며 가게 일을 하셨다. 그 긴 세월을 자식도 없이 외롭게 살아오셨던 분이다. 연애 시절 내가 찾아뵐 때마다 늘 따뜻하게 직접 밥을 해주시던 어머님이 난 참 좋았다.

귀국하면서 나는 어머님이 모시던 제사를 가져왔다. 어머님은 제사를 모시러 우리 집에 오시면 몇 달씩 머물곤 하셨다. 그러다 당신 집에만 가시면 화장실에서 쓰러지시거나 낙상하시는 등의 사고가 발생했다. 그럴 때마다 그냥 우리와 함께 사시자고 말씀드렸지만 어머님은 언제든 돌아갈 당신 집이 있어야 한다며 늘 몸이 회복되면 당신 집으로 다시 가셨다.

언제부턴가 나는 어머님의 인지 기능이 떨어지고 있음을 느꼈다. 나는 어머니가 치매인 것 같다고 여러 차례 남편과 가족에게 이야기했지만 아무도 내 말을 믿어주지 않았다. 오히려 "니가 요새 맨날 치매 치매 하더니만 멀쩡한 사돈 양반을 치매 환자로 만들려고 하냐? 그러는 거 아니다. 함부로 다른 사람에게는 그런 말 하지 마라" 하며 친정 부모님마저도 내 말을 믿어주지 않으셨다. 당시만 해도 많은 보호자분들 역시 자신의 부모님이 치매라는 걸 거부하던 때였다.

하지만 오래가지 않아 다음 해에 어머님은 결국 치매 진단을 받으셨다. 나는 어머님의 장기요양등급 신청을 진행했고, 4등급을 받으신 어머님께 방문요양 서비스를 신청해드렸다. 하지만 요양보호사님들은 일주일도 채우지 못하고 내게 그만 나오겠다는 전화를 했다. 어머님이 문도 잘 열어주지 않고, 집안 살림에 손도 대지 못하게 해서 뭘 해드릴 수가 없다는 것이었다. 그렇다고 집에 혼자 계시게 할 수는 없어서 어머님을 설득해 다시 우리 집으로 모셔 왔다.

출근 전에 아침을 챙겨드리고 어머님 점심상을 미리 식탁에 준비해놨지만, 퇴근해서 보면 늘 상이 그대로 있었다. 어머님은 여기저기 전화하셔서 며느리가 밥도 제대로 주지 않고 당신을 방에다 가두었다고 하셨다. 당시 어머님의 휴대전화 요금제는 100분 무료 통화가 제공되는 실버요금제였는데 매달 추가 요금이 10만 원 넘게 나올 만큼 하루 종일 전화기만 붙들고 계셨다.

어느 날 퇴근해서 우리 집 앞 엘리베이터가 열리자 복도에 온통 매캐한 냄새가 진동하고 있었다. 놀란 마음에 현관문을 열자 온 집안이 뿌연 회색빛 연기로 자욱했다. 부엌으로 뛰어 들어가니 아침에 끓여놓고 갔던 된장국 냄비가 새까맣게 타고 있었다. 이미 불은 막 꺼진 상태여서 얼른 가스레인지를 끄고 밸브를 잠갔다. 베란다 문을 열며 어머님이 어디 계신지 눈으로 두리번거렸다. 어머님 방에서 소리가 나서 방문을 열자, 어머님은 침대에 걸터앉은 채 다리를 흔들며 TV를 보고 계셨다. 그다음 날 나는 우리 집으로 방문요양을 신청하고, 내가 없는 사이 어머님 점심 식사만이라도 챙길 수 있도록 했다.

언제부턴가 어머님은 식사 때마다 수십 년 전에 목을 매서 자살한 당숙모님 이야기를 하며 우셨다. 나는 늘 "아이고, 그런 일이 있었어요" 하며 처음 듣는 것처럼 반응했다. 어느 날 또다시 시작된 어머님의 신세 한탄과 울음소리에 한참 사춘기로 예민하던 딸이 밥을 한 수저도 먹지 못하고 방으로 들어가버렸다. 더 이상 참을 수 없었던 나는 화나는 마음을 누르며 "어머님, 이제는 그런 슬픈 이야기 말고 이렇게 손자, 손녀들이랑 맛있는 거 먹으며 지금 얼마나 행복한 시간을 보내는지 같이 이야기해요. 좋은 추억만 생각하며 사시게요"라고 말하고 말았다. 내 딴에는 부드러운 어조로 말했다 생각했지만 어머님 표정이 굳어짐을 느끼는 순간 실수했음을 알았다. 아니나 다를까 내 말이 떨어지자마자 어머님은 방으로 들어가버리셨다. 다음 날 난 시어머니한테 앞으로 식사 시간에 입 닥치고 아무 말도 하지 말라고 이야기한 못돼먹은 며느리로 둔갑해 있었다.

이런 일들이 수없이 반복되던 어느 날, 근무 중인 내게 어머님이 전화하셨다. "천하에 벼락 맞아 죽을 년. 어디서 니 같은 게 며느리로 들어와서 우리 집이 이리 엉망인기라. 앞으로 니는 다시는 나한테 연락도 하지 말기라" 하시고는 그날 조카를 불러 당신 집으로 가버리셨다. 그 뒤 내 전화는 받지 않고 날 철저히 모르는 체하셨다.

몇 달 후 어머님은 또 낙상해서 허리에 골절상을 입으셨다. 치료가 끝나도 집에서는 더 이상 혼자서 지내실 수 없는 상황이 되었다. 내가 근무하는 병원으로 모시려고 했으나 병원 측에서도, 남편도 반대했다. 나에 대한 망상이 심한 상태여서 나를 보면 어머님 상태가 더 안 좋아질 수도 있고, 내 직장 생활에 영향이 미칠 것이라는 이유였다. 그렇게 해서 어머님을 집에서 조금 떨어진 다른 요양병원으로 모셨다. 그 뒤 코로나19 사태가 터졌다. 지금도 제일 후회하는 부분은, 코로나가 터졌을 때 바로 내가 있던 병원으로 모셔야 했는데 그러질 못했다는 것이다. 아무리 행정적 절차가 까다롭고 코로나 상황이었다고 해도 불가능한 일은 아니었는데 말이다.

어쩌면 어머님이 던지신 칼날 같은 말들에 내 마음에 앙금의 파편 조각들이 남아 있었던 것 같다. 그래서 애써 그 시간들을 모르는 척 외면했던 것도 사실이었다. 치매병동에서 수많은 어르신을 케어하면서 그분들에게 맞거나 욕설을 들어도 나는 단 한 번도 기분 나쁘거나 상처받은 적이 없었다. 하지만 어머님은 가족이어서 달랐나 보다. 어머님의 그런 모습은 치매로 인한 증상의 일부라는 것을 분명 머리로는 이해했다. 하지만 언제나 다정하고 날 좋아해주시던 어머니가 갑자기 돌변하여 나만 보면 욕을 하고 망상이 심해지니 그 무게를 견디지 못하고 어머님의 모든 말이 날카로운 칼날이 되어 내 맘에 상처를 남겼다.

그렇게 거의 2년이란 시간 동안 어머님을 뵙지 못했다. 수시로 반찬을 해서 가져다 드리거나, 남편이 면회 예약해서 얼굴도 뵙긴 했지만 난 한 번도 어머님을 마주하지 못하고 있었다. 어느 날 면회하던 남편이 어머님 사진을 한 장 보내왔다. 2년 전보다 눈에 띄게 핼쓱해진 얼굴, 뭔가 초점을 잃은 듯한 눈빛, 그리고 휠체어에 앉아 있는 어머님의 모습을 뵙는 순간 이건 아니다 싶었다. 당장 우리 병원으로 모셔오려 했으나 병실 문제로 며칠 기다려야 했다. 그랬는데, 그다음 날 근무하고 있는 내게 어머님이 계신 병원에서 전화가 왔다. 어머님이 아침 식사하다가 갑자기 힘들어하신다고, 산소포화도 수치가 떨어지고 말도 어눌해지는 것 같다며 어떻게 하겠냐고 말이다. 난 당장 대학병원에 가서 검사하겠다 전하고 그날 근무 중이던 우리 병원 당직의를 통해 대학병원 응급실을 수소문했다.

그렇게 마주한 어머님은 날 알아보지도 못하셨다. 계속 내게 누구냐고 물으시던 어머님. 남편은 보자마자 아들인 걸 알아보시면서, 2년의 시간 동안 마주하지 않았던 난 잊어버리신 거다. 구급차를 타고 S 병원 응급실에 도착했으나 어머님 상태를 보이자마자 중환자실 자리가 없다며 거부당했다. 다시 인맥을 총동원한 끝에 결국 C 대학병원 응급실로 향했다. CT 결과 심부전 및 폐부종이 의심되어 입원이 필요하다고 했다. 일단 코로나 검사 결과가 나올 때까지 격리가 필요하다며 보호자 동행 입원실에 3일 동안 격리되었다.

하늘이 주신 귀한 48시간, 이 시간들이 없었다면 난 평생 후회와 원망 속에서 어머님을 보냈을지도 모른다. 사흘 동안 어머님의 기저귀를 갈아드리고, 체위를 변경해드리고, 계속 끓는 가래를 수시로 뽑아드리면서 온전히 어머님을 돌보며 함께했다. 3일 후 격리가 해제됐지만 대학병원 측에선 어머님 폐가 이미 다 망가진 데다 90이 넘은 고령이어서 더 이상 치료하는 의미는 없을 것 같다고 했다. 그렇게 해서 어머님을 내가 있던 병원 중환자실로 모셔 왔다. 대학병원에서도 내내 나를 선생님이라 부르시던 어머님은 우리 병원으로 와서도 나에게 "선생님은 누구신데 이리 날 계속 잘 돌봐주시는교. 복 받을 껍니더"라고 하셨다.

다음 날 출근하자마자 어머님이 계신 중환자실로 갔다. 날 보고 환하게 웃으시며 "아이고, 우리 며느리 왔네, 세상에 하나뿐인 내 며느리네" 하며 반겨주셨다.

"어머니, 저 알아보시겠어요?"

"우리 며느리를 몰라보면 어쩌노. 내 하나뿐인 며느린데. 여가 우리 며느리 일하는 데제? 너무 좋데이. 우리 며느리가 최고인기라. 고맙데이."

어머님은 내게 손을 뻗으시며 나를 안아주셨다. 어머님은 갑자기 아들 얼굴이 보고 싶다고 하셨다. 단 한 번도 아들이 보고 싶다고 말씀하신 적이 없었던 분이다. 나는 얼른 남편에게 영상 통화를 시켜드렸다. 이후 담당의가 소변줄 처치에 관해 말해서 나는 근무 병동으로 돌아왔다. 내 자리에 앉으려는 순간 중환자실에서 전화가 왔다. "수샘, 올라오셔야 할 것 같아요." 나는 정신없이 중환자실까지 뛰어갔다. 하지만 이미 어머님의 호흡은 멈춘 상태였다. 그 짧은 찰나에 어머님은 원래의 어머님 모습으로 나를 안아주시고, 나를 용서해주시고, 나를 치유해주시고 하늘나라로 가셨다.

어머님을 그렇게 보내드린 후 내 삶에 작은 변화가 생겼다. 남아 계신 네 분의 부모님과 내가 모시는 치매 어르신들에게 매일매일 내 맘을 표현하기로 했다. 오늘이 지나면 기회가 없을지 모르니 말이다. 어르신들은 나를 기다려주지 않음을 이제는 안다. 그러니 지금 당장 표현하자. 사랑한다고, 감사하다고 말이다.

3 장

정답은 없다,
그저 사랑할 수밖에

사랑합니다,
나의 어르신

병동에 내 목소리가 들리기 시작하면, 간호사실에서 왼쪽에 위치한 병실이 시끄러워지기 시작한다. 이 방은 이 병동의 유일한 남자 병실로, 아버님 여섯 분이 입원해 계셨다. 그중 이동 어르신과 나주 어르신은 서로 경쟁하듯이 매번 내게 당신 아픈 곳부터 봐달라고 하셨다. 그래서 내가 출근했다 싶으면 유난히 크게 앓는 소리를 내시며 날 불렀다. "서 선생~ 어제부터 내가 등이 너무 아파서 누워 잘 수가 없어." "아~ 시끄러워. 그깟 등 가지고 난리야. 서 선생, 난 여기 배가 너무 아파서 아침도 못 먹을 것 같아." 그러곤 내가 확인할 때까지 아픈 척하시다가 "검사해봐야 할 것 같으니 담당의 선생님께 말씀드릴게요"라고 내가 말하면 언제 그랬냐는 듯 하나도 안 아프다고 하셨다.

이상하리 만큼 평안한 오전이 지나고 점심 시간에 평소처럼 정주 어르신 식사 보조를 마치고 약을 돌리고 있는데 남자 병실 쪽에서 간병사님의 외마디 비명이 들렸다. 뛰어 들어가 보니 분명 내가 식사 보조하고 약까지 투약을 마친 정주 어르신이 컥컥거리고 있었다. 어르신이 식판에 남아 있던 마지막 햄 조각을 드셨는데 목에 걸린 것이었다.

어르신은 컥컥거림을 멈춘 채 어느새 의식을 잃어가고 있었고, 얼굴빛이 파래지기 시작했다. 나는 고민할 틈도 없이 벽에 붙어 있던 응급벨을 누르고 바로 어르신 침상으로 뛰어 올라가 '하임리히법'을 시도했다. 워낙 덩치가 큰 분이어서 내 작은 체구로는 복부를 완전히 감싸는 게 어려웠다. 내 한 손으로 복부를 타격하고, 한 손으로는 등 윗부분을 세게 두드리며 복부 쪽 손으로 명치를 들어 올리듯이 치는 걸 반복했다. 심폐소생술을 해야 할까 하고 잠시 고민하며 세 번째쯤 명치 쪽을 타격하는 순간 켁 소리와 함께 걸렸던 햄 덩어리가 입 밖으로 튀어나왔다. 그 순간 응급벨 소리를 들은 병원 내 의사들과, 식사 중이던 간호사들이 뛰어 들어왔다. 다행히 어르신의 의식이 돌아온 상태여서 모두 다시 식당으로 가고 담당의만 남았다. 대체 누가 뭘 먹인 거냐며 한참을 나에게 소리치던 담당의는 어르신 상태를 확인하고, 앞으로는 식사 반찬을 모두 갈기 상태로 바꾸라고 하곤 병실을 나갔다.

정주 어르신은 파킨슨병 환자로 최근 사레 들림이 잦고 손 떨림도 심해져서 수저질이 힘들어 간호팀의 보조를 받고 있던 중이었다. 본인 치아도 다 남아 있고 씹는 능력에 문제는 없었기에 식사는 일반식으로 제공되었다. 파킨슨병 환자들의 경우 운동 기능이 떨어지면서 연하곤란이 나타나는 경우가 있기 때문에 식사할 때 잘 확인해야 한다. 정주 어르신은 식탐이 많으셨다. 간병사님이 식판을 치우려는 순간 정주 어르신이 식판 위에 남아 있던 햄 조각을 너무나 간절히 쳐다보니 입에다 넣어드렸던 것이다.

이건 명백한 내 실수였다. 내가 약을 드린 후 식판을 치웠어야 했는데, 다른 환자 약 돌리는 데 급해서 그냥 나가버렸으니 말이다. 담당의가 내게 한참을 소리 지르고 난 후 어르신은 계속 내 눈치를 보셨다. 내가 웃으며 "어르신, 괜찮아요. 담당의가 걱정돼서 소리 지른 거지 저한테 화낸 게 아니에요"라고 이야기해도 어르신은 한참을 더듬거리며 "나 때문에… 서 선생은 잘못이 없는데" 하셨다. 그리고 또 한 사람, 간병사님이 내내 날 따라다니며 미안하다고 사과하셨다. 자기가 실수한 일인데 괜히 내가 욕을 먹어 맘에 걸린다며 지금이라도 담당의에게 자기가 준 거라고 이야기하겠다고 말이다. 나는 간병사님에게 누가 줬는지는 중요하지 않다고 말했다. 대신 앞으로는 어르신들 식이 보조할 때 반드시 큰 덩어리는 잘게 부숴서 목에 걸리지 않을 사이즈인지 확인하고 주시라고 다시 한번 당부했다.

그렇게 며칠이 지난 어느 날 점심 식사 후에 약을 돌리고 있는데 또 남자 병실 쪽에서 큰 소리가 나서 뛰어 들어갔다. 이번에도 정주 어르신이 침상 난간에 거의 떨어지기 직전으로 매달려 계셨다. 간병사님이 어르신들 식판을 치우러 나간 사이, 바닥에 떨어진 과자 봉지를 주우려고 몸을 아래로 숙이셨던 것이다. 하지만 균형을 제대로 잡지 못해서 몸이 앞으로 구부러진 상태였다. 그나마 식판이 올라와 있었으니 몸이 다 떨어지진 않고 하체는 침상에 있고 상체 쪽만 비스듬히 아래로 떨어져 있는 상태였다. 간병사님과 함께 어르신을 침상으로 올렸다.

나는 어르신 몸을 살펴보았다. 다행히 상처가 나거나 다친 곳은 없어 보였다. "어르신 혼자 몸을 아래로 숙이시면 어떡해요. 조금만 기다리시면 간병사님이 주워드렸을 텐데. 어르신 방금 낙상할 뻔하셨어요. 그리고 과자 또 지난번처럼 목에 걸리면 어떡해요. 과자 드시고 싶으시면 나중에 입에서 녹는 바나나킥 같은 거 할머님한테 사다 달라고 제가 전화할게요" 하며 나도 모르게 잔소리 같은 말을 내뱉었다. 그때서야 어르신 표정이 눈에 들어왔다. 어르신은 금방이라도 울 것 같은 표정으로 한마디 내뱉으셨다. "이거 내가 먹으려고 한 게 아니야." "네?" 하고 되묻는 내게 앞자리에 있던 이동 어르신이 "내가 아침에 서 선생 과자 주는 게 부러웠는지 그 영감도 서 선생 과자 주고 싶었나 봐" 하셨다.

그랬다. 오늘 이동 어르신 보호자가 새벽녘에 과자를 잔뜩 사다 주고 갔었다. 내가 아침 라운딩을 할 때 이동 어르신은 그 과자를 내게 한 움큼 주셨다. 내가 웃으며 좋아하는 것 같으니 정주 어르신도 내게 과자를 주려고 하셨던 거다. 순간 울컥하기도 하고, 어르신께 죄송하기도 해서 과자를 받아 들곤 어떻게 해야 할지 몰라 가만히 서 있었다. 그러자 뒤에서 나주 어르신이 큰 소리로 날 부르셨다. "그 바닥에 떨어진 거 말고 내 것 먹어. 나도 서 선생 주려고 안 먹고 있었어" 하셨다.

이런 어르신들을 어찌 사랑하지 않을 수 있을까?

대부분의 어르신들이 나를 '서 선생' 혹은 '은경 선생'이라고 부를 때 항상 '은 선생'이라 부르시던 어르신이 한 분 계셨다. 맨 끝자리에 계시던 이혁 어르신은 다른 어르신들이 나만 보면 온갖 엄살을 부리며 본인부터 봐달라고 하실 때도 늘 묵묵히 당신 차례를 기다리셨다가 내가 다가가 인사하면 그때서야 당신 증상을 천천히 말씀하시곤 했다.

인계를 마치고 퇴근하기 전 시간 여유가 있던 어느 날, 나는 어르신들과 편지 쓰기를 하고 비행기 접기를 했다. 이혁 어르신은 관심 없으신 듯 책을 읽고 계시다가 조용히 나를 부르셨다.

"은 선생, 내가 손이 떨려서 글은 못 쓸 것 같은데 은 선생이 대신 써주면 안 돼?"

"누구에게 뭐라고 써드릴까요?"

"언제나 고맙고 고마워. 나의 은 선생."

순간 왈칵 눈물이 쏟아지려는 걸 겨우 참고 글씨를 쓰고 어르신께 비행기를 접어드리자 "이건 은 선생 주려고 쓴 거니 은 선생 꺼지"라고 하셨다. 나는 어르신이 제일 좋아하시는 초록색 색종이를 꺼내 들고 비행기 대신 하트를 접어서 드렸다.

몇 달이 흘렀다. 90이 넘으셨던 이혁 어르신은 기력이 날로 쇠약해지시더니 열이 나기 시작했다. 엑스레이, 피검사, 소변검사에서는 아무런 염증 소견이 관찰되지 않았다. 항생제를 아무리 써도 열은 떨어지지 않았고, 해열제를 썼더니 혈압이 떨어지기 시작했다. 담당의는 보호자에게 대학병원 전원을 권유했다. 요양병원에서 할 수 있는 검사는 한정적이라 제대로 원인을 찾지 못했기 때문이었다. 하지만 보호자는 이곳에서 할 수 있는 것들만 처치해달라고 부탁했다. 그러나 어르신은 계속된 고열을 견디지 못하고 며칠 뒤에 하늘나라로 가셨다.

　깨끗한 시트로 어르신을 덮어드리고 옷을 정리하는데 어르신 환자복 주머니에서 몇 달 전 내가 접어드린 색종이 하트가 떨어졌다. 그것을 주워 들자 옆에서 울고 있던 따님이 "아이고, 아버지, 이걸 여태 가지고 계셨네요. 선생님, 그거 저 주세요"라며 나에게서 하트를 받았다. 어르신은 몇 주 전부터 따님과 아드님을 볼 때마다 유언처럼 당부하셨다고 한다. '자신이 죽으면 꼭 이 하트를 같이 묻어달라'고 말이다. 그 말을 하면서 따님은 계속 서럽게 울었다. 따님 손에 들린 하트는 어르신이 계속 몸에 지니고 있어 너덜너덜해진 상태였다. 나는 따님께 잠시만 기다려달라 하곤 간호사실로 와서 다시 깨끗한 초록색 색종이 뒷면에 어르신께 편지를 썼다. "이혁 어르신, 그동안 감사했습니다. 그곳에선 아프지 마시고 행복하세요. 사랑합니다. 어르신. 은 선생 드림." 그러곤 하트로 접어서 따님께 건넸다.

나는 이처럼 어르신들에게 과할 정도로 넘치는 사랑을 받았다. 이 글을 쓰면서 어르신들을 떠올리니 새삼 내가 그분들을 사랑했던 순간들보다 그분들이 나에게 주신 사랑이 더 컸음을 느낀다. 그랬기에 나는 남은 삶 동안 더욱더 어르신들을 사랑하며 살 수밖에 없다. 오늘도 고백해본다. 사랑합니다, 나의 어르신.

오늘은 나의 몫,
내일은 신이 결정할 일

　모두가 분주하게 식사 준비를 위해 바쁜 시간, 혼자 다른 세상에 있는 것처럼 로비 한가운데 소파에 누워 편안하게 쪽잠을 자는 정규 어르신. 입원 3일 차인 어르신은 배회, 폭력성, 케어 거부 등의 증상으로 입원하셨다. 병동에 도착하면 제일 먼저 탈의를 하고, 환자복으로 갈아입고, 입원에 필요한 검사를 한다. 하지만 오늘도 어르신은 입원 시 입었던 사복 차림 그대로 본인 병실이 아닌 복도에 있는 소파에 누워 계셨다. 옆에 가서 대화를 시도해봤지만 날 노려만 볼 뿐 아무 말도 하지 않다가 한마디 내뱉으셨다.

　"저리 가. 던져버리기 전에."

　누가 봐도 작고 왜소한 체구의 어르신이 날 던져버리시겠다니 웃음이 났지만 어르신 표정은 너무나 간절하고 진지했다. 무엇이 어르신을 저리도 화나게 했을까? 이곳에 온 후 이틀 내내 식사도 거부하여, 드신 거라곤 겨우 오예스 두 개, 사과주스 한 개, 요플레 한 개가 다였다. 물을 드려도 삼키질 않고 물고 있다가 침 뱉듯이 다 뱉어내버리니 투약도 되질 않았다. 어제까진 쉬지 않고 출입구를 찾아 배회만 하셨다. 어르신은 한시도 앉아 있으려 하지 않고 밤에도 병실로 들어가길 거부했다. 소파에서 간간이 쪽잠 자듯 잠시 누웠다 하루 종일 돌아다니셨으니 이젠 기운이 빠지셨는지 움직이질 않고 가만히 누워 계시기만 했다. 이제는 좀 지쳤을 거라고 예상하여 어르신에게 다가가 말을 걸며 옷 탈의를 시도해봤지만 역시나 실패했다. 우리가 곁에 다가가자 갑자기 어르신은 소리를 지르며 우리를 물어뜯으려는 듯이 입을 벌리며 달려드셨다.

뭐라도 좀 드시게 해야 할 것 같아 식판을 조용히 옆에 가져다 드렸다. 아무도 쳐다보지 않는 걸 확인한 어르신은 조용히 일어나 몇 수저 먹는 듯하다가 갑자기 상을 밀어내곤 급하게 어디론가 가셨다. 며칠째 먹은 것이 없으니 다리 힘이 풀려서 보행이 영 불안했다. 내가 잡아드리려 하자 거부하여 가만히 그 뒤를 따라가기만 했다. 어르신이 손을 자꾸 바지 뒤쪽으로 넣는 모습에 화장실을 찾는 듯하여 화장실로 안내했다. 어르신은 변기가 아닌 그 앞에 쪼그리고 앉더니 힘을 주셨다. 얼른 어르신을 일으켜 다시 변기에 앉혀보지만 도로 바닥에 쪼그리고 앉았다. 어디서 어떻게 생활하신 걸까? 좌변기를 거부하는 어르신. 그 뒤 계속 대변이 보고 싶으신지 걷다가도 이제는 아무 데서나 바지를 내리고 쪼그리고 앉아 힘을 주셨다. 그렇게 오전 내내 계속된 바닥 릴레이에 어르신도, 우리도 지쳐

갔다. 결국은 좌약을 넣고 어르신은 대변을 보셨다.

그 뒤 어르신은 조금은 편안해진 표정으로 다시 배회를 시작해 봤지만, 먹은 것도 없고 지쳐서 무릎으로 바닥을 기어다니시기 시작했다. 보다 못한 나는 결단을 내려야만 했다. 이대로 두면 낙상은 물론이고, 어르신이 탈수되어 위험해질 수도 있다고 판단을 내렸다. 어쩔 수 없이 강제로 어르신을 휠체어에 태웠다. 그러곤 입원 시 못한 피검사를 시행하고 이날 접종 예정이었던 화이자 2가 백신도 주사했다. 어르신은 1시간 넘게 악을 쓰고 소리를 지르며 휠체어에서 발버둥을 치셨다. 그러다 어느새 점점 소리가 잦아지더니 잠잠해지셨다. 그런 어르신 무릎에 빵과 우유를 슬그머니 올려드리자 계속 바닥으로 던지셨다. 그래도 계속 다시 올려드리자 여섯 번째쯤에는 슥 받아 들더니 비닐을 벗기려고 애쓰셨다. 나는 조용히 카스타드 포장지를 벗기고 우유에 빨대를 꽂아서 건넸다. 그렇게 카스타드 한 개와 우유 한 개를 다 드신 어르신은 기분이 조금 나아졌는지 주변을 두리번거리셨다.

그러곤 나지막이 내던진 어르신의 한마디, "나 집에 가고 싶어."

나는 순간 눈물이 왈칵 쏟아졌다. 어르신의 이런 행동은 어쩌면 너무나 당연한 것이었다. 낯선 이곳에서 알지도 못하는 사람들의 친절들이 과연 어르신은 달가웠을까?

'나는 이들을 알지 못한다. 그런데 자꾸 내게 다가와 내 옷을 벗기려 하고, 내 팔에 무언가를 감으려 한다. 내 팔에 뾰족한 무언가를 찌르려 하고 내게 알 수 없는 말을 내뱉으며 나에게 흰 가루를 먹이려 한다. 나는 이들을 믿을 수가 없다. 내 집에 가고 싶다. 내 아들과 내 마누라가 있는 내 집에 가고 싶은데 도무지 나가는 길을 찾을 수가 없다. 여기 있는 이 많은 노인네들은 다 어디서 왔을까? 다 똑같은 옷을 입고, 같은 걸 먹고 다 같이 우르르 나와 시끄럽게 떠든다. 문만 열어주면 나는 집에 갈 수 있을 것 같다. 배는 고프고 화장실도 가고 싶은데 어디가 어딘지 알 수가 없다. 나는 언제까지 여기 있어야 하는 걸까? 여기서 죽는 걸까?'

어르신 속마음이 들리는 것 같았다. 어르신의 눈망울에서 떨어지는 눈물이 내게, 나 좀 집에 보내달라며 애원하는 것 같았다. 이 어르신에게 정말로 필요한 케어는 어떤 걸까? 어떻게 하면 어르신이 이곳에서 행복할 수 있을까?

장희 어르신은 요양원에서 밤에 주무시다 침대에서 떨어지셨다고 한다. 그 낙상으로 어르신은 오른쪽 고관절골절, 오른쪽 상완부골절, 요골골절이 되어 대학병원에서 수술을 받으셨다. 그 후 계속된 섬망 및 망상이 심해져서 더 이상 요양원에선 받아주질 않아 우리 병원으로 전원된 분이었다.

첫날은 대학병원에서 안정제 주사를 계속 맞고 온 직후여서 그랬는지 약도 잘 드시고 식사도 반 이상 드셨다. 그러나 사흘쯤 지나자 어르신은 돌변하셨다. 우리의 모든 케어를 거부하시고 우리만 보면 빨갱이라 욕하시며 침을 뱉기 시작했다. 대화를 시도해도 무슨 말을 하든지 결론은 빨갱이로 이어지는 그야말로 답답한 일상이 계속

되었다. 투약이 안 되니 케어 거부는 더욱더 심해져 수술 부위 소독을 한 번이라도 하려면 직원 여러 명이 어르신을 붙들어야 했다.

담당의는 다른 약은 포기하더라도 항정신성 약물만이라도 먹여보라고 했다. 그러나 우리가 할 수 있는 모든 방법을 다 써봤으나 어르신에겐 소용이 없었다. 알약으로 달달한 주스와 함께 줘도 혀 밑에 숨겼다가 뱉어내 버렸다. 죽에 섞어보기도 했지만 귀신같이 아시고 식사 자체를 거부해버렸다. 요플레에 섞어도 보고, 꿀에 녹여 환약 형태로도 만들어서 시도했으나 모두 실패했다. 어느 날은 강제로 투약하자 억지로 손가락을 넣어 토하면서 뱉어내 버렸다. 투약하려던 간호사 손에서 약을 낚아채 공중으로 던져버려 온 가루가 이불이며 시트에 눌어붙어 주워 담기도 힘들었던 적도 있었다. 달래도 보고, 사정도 해보고, 화도 내보고, 원칙대로 수도 없이 설명을 해봤지만 어르신에게 투약하지 못했다.

장희 어르신은 사방이 다 막힌 절벽같이 느껴졌다.

어떤 날은 환하게 웃으며 먼저 인사를 하시곤 내 손을 잡고 손등에 뽀뽀를 하셨다. 그러다 갑자기 돌변해선 "너도 빨갱이야. 미친년. 할 짓이 없어서 빨갱이를 하냐?" 하며 잡은 내 손을 물어버리신 적도 있었다. 어르신은 식사량이 적으니 소변도 잘 나오지 않았다. 물도 거부했기에 달달한 단백질 음료도 드려봤으나 어르신은 그것마저도 거부하셨다. 하루 종일 기저귀 하나도 젖지 않던 어느 날이었다. 어르신의 방광을 확인하기 위해 초음파검사를 하려던 직원의 멱살을 잡고, 발로 내 얼굴을 차서 내 안경이 날아가 부서졌다. 직원 한 명은 어르신에게 팔을 계속 꼬집혀 온 팔에 멍이 심하게 들기도 했다.

행동심리증상에 대한 지침은 여러 가지가 있다. 케어를 거부할 때는 원인부터 파악하고 천천히 여유를 가지고 접근하라고 한다. 이런 원인 확인도 어르신이 협조해야 가능하다. 하지만 오늘도 현장에선 그 어떤 방법도 통하지 않았다.

"절벽을 만나거든 그만 절벽이 돼라"라는 정호승 시인의 시 한 구절이 떠올랐다. 어떻게 하면 내가, 우리가 절벽이 될 수 있는 걸까? 이런 어르신 한 분 한 분을 마주할 때마다 내가 하는 이 고민들을 누군가가 실타래 풀 듯 풀어줄 수 있으면 좋겠다. 아니, 그 실타래가 나였으면 좋겠다는 생각으로 어르신들 곁에 오늘도 남아 있다.

치매 어르신 케어는 정답이 없다. 정답이 없다고 해서 풀리지 않는 문제 앞에서 망설이거나 피하고 싶진 않다. 내가 할 수 있는 최선을 다하는 것, 그저 그럼에도 불구하고 어르신들을 사랑하는 수밖에 없음을 나는 안다. 오늘 내가 할 수 있는 만큼의 내 몫을 해나가면서 말이다. 내일은 신께서 희망을 주시리라 믿으며.

마음을
벗고 싶었던 것은 아닌지

치매 어르신의 행동심리증상 중에 유난히 옷을 자주 벗거나, 기저귀를 벗어 던지거나, 뭔가를 뜯어내는 증상을 보이는 경우가 있다. 이런 증상을 행동에만 초점을 맞추어 이야기하자면 탈억제 증상이다. 사람들 앞에서 옷을 벗는다거나, 아무 때나 성적인 언어나 행동을 보이거나, 음식만 보면 과도하게 허겁지겁 먹는 행동, 상대에게 갑자기 모욕적인 얘기를 하는 행동 등이다. 즉 자신의 언행으로 발생할 수 있는 위험성이나 사회적인 규칙을 고려하지 않고 충동적으로 행동하는 모든 행위를 탈억제라고 한다.

억제는 전두엽, 특히 안와전두엽이 담당하는데 이곳이 손상되면 탈억제가 나타난다. 주로 전두측두엽치매와 같은 퇴행성 뇌질환에서 나타난다. 보통 이런 탈억제에 대한 설명이나 케어 방식은 성적인 탈억제 행동에만 초점이 맞춰져 있다 보니 다른 증상을 보이는 어르신의 경우에 대해선 어떻게 대응하라는 지침이나 설명이 없다.

장임 어르신은 수시로 윗옷을 벗어 머리에 쓰고 있거나, 기저귀를 갈기갈기 찢어 바닥에 뿌려놓기도 했다. 어르신의 행동은 프로그램 중에도, 식사 중에도, 침상에 그냥 있을 때도, 휠체어에서 음악을 듣다가도 등 전혀 패턴이 없었다. 어딘가 불편해서 하는 행동이라고 보기는 힘들었다. 침상에서 사과주스를 드시다 말고 갑자기 침대 커버를 힘들게 벗겨서 머리에 쓰시기도 했다.

장임 어르신은 딸부자였다. 어르신은 처음 입원했을 때 딸들 자랑을 많이 하셨다. 불안하거나 우울해하실 때 따님과 영상 통화를 하시도록 해드리면 조금은 안정을 찾기도 했다. 어르신은 딸들에게 편지를 쓰고 싶다며 내게 종이와 펜을 요구하기도 하셨다. 나는 어르신에게 편지지를 구해 드렸다. 어르신은 식사 시간을 제외하고는 매일매일 편지를 쓰시는 데 집중했다. 그렇게 모인 편지는 면회 온 따님들에게 내가 전달하곤 했다. 혹시나 전처럼 어르신이 뭔가 집중할 것이 있으면 벗는 행동이 적어지지 않을까 싶어 편지지와 펜을 가져다 드리면서 편지를 쓰도록 했으나 어르신은 더 이상 관심을 보이지 않으셨다. 눈도 제대로 뜨지 않으셨고, 스스로 뭔가를 하려는 의지를 내려놓으셨다.

어느 날 오후 간병사의 외마디 비명이 복도를 타고 들려와서 모두가 그쪽으로 뛰어갔다. 안선 어르신이 옷을 모두 벗은 채 침상에 누워 손을 빨고 계셨다. 어르신 주변은 온통 대변이었다. 담당 간병사가 몇 주 전부터 어르신 기저귀를 갈 때마다 케어 거부가 심하고, 자꾸 기저귀를 벗어 던진다며 내게 자주 이야기했다. 하지만 나는 간병사가 보호대를 원하고 있다는 것을 알고 있었기에 조금만 더 지켜보자고 하고 간병사의 요구를 모르는 척하며 버티는 중이었다. 결국 이 사건으로 담당의는 약을 추가했고, 보호대를 처방했다.

안선 어르신은 몇 달 전까지만 해도 말로는 나도 당하지 못할 만큼 언변이 뛰어난 분이었다. 신체 기능도 좋아 보조기 없어도 잘 걸어 다니셨고, 다른 어르신들에게 참견하는 걸 좋아하던 분이다. 그러나 코로나19가 한참 유행하던 때부터 부쩍 우울감이 심해졌다. 보호자와 함께 은행 업무를 위해 외출 다녀온 날부터 어르신은 병실 밖으로 잘 나오려 하지 않으셨다. 그렇게 몇 주가 지나자 어르신은 잘 걷지도 못하고 대소변 실수를 하시기 시작했다.

이후 안선 어르신은 시도 때도 없이 옷을 탈의하셨다. 휠체어를 타고 로비에서 활동하는 중에도 옆에 남자 어르신들이 있는데도 아랑곳하지 않고 윗옷을 벗으며 가슴을 드러내 보이셨다. 예전 어르신의 모습을 떠올리면 상상도 할 수 없는 행동이었다. 정말 이런 행동은 그저 전두엽 기능이 망가져서 나타난 탈억제 증상일까?

나는 안선 어르신이 지난번 외출했을 때 무슨 일이 있었는지 알아보려 했으나 결국 알아내지 못했다. 그 당시 보호자인 딸과 아들이 재산 문제로 한참 분쟁하고 있었기에 어쩌면 어르신은 속상한 맘을 잊기 위해 스스로를 놔버리신 것 아닐까 추측만 할 뿐이었다.

어쩌면 어르신은 당신의 갑갑한 마음을 표현하고 싶었던 건 아닐까? 지금 처한 현실에서 벗어나고 싶다는 강렬한 욕구의 표현이 아니었을까? 안선 어르신의 행동은 단순히 신체적 변화만이 아니라 감정적 억압과 절박함의 표현일지도 몰랐다. 그래서 나는 어르신이 벗고자 하는 것은 단순히 옷이나 기저귀가 아니라, 어르신의 마음속에 숨겨진 답답함과 고통이라 믿고 싶었다.

이런 어르신들에게 대부분 처방되고 적용되는 해결 방안은 우주복을 입히거나 손 장갑을 씌우는 것이었다. 기저귀를 벗어 던지거나 자꾸 만지는 경우가 다른 증상들보다 많아서 직접적인 돌봄을 하는 간병사들의 불만이 제일 컸던 탓이었다. 소변이 새니 시트며 옷을 수시로 갈아입혀드려야 했다. 결국 어르신이 옷 안에 손을 넣을 수 없게 우주복을 입혀드리거나 신체 보호대를 선택하는 것이다.

나는 이런 보호대 사용을 지양했다. 아니, 극도로 혐오했다. 돌봄자의 편의를 위해 선택된 보호대는 용납할 수 없었다. 그렇다고 해서 다른 뾰족한 수가 없다는 것이 문제였다. 그나마 손 장갑을 적용하는 것보다는 우주복을 입혀드리는 것이 맘이 편했다. 어쨌든 어르신의 신체를 결박하는 것은 아니었으니 말이다. 하지만 우주복으로 해결되지 않을 때가 많았다.

김숙 어르신은 오늘도 우주복의 실밥을 다 뜯어 왼쪽 다리 부분을 세로로 정갈하게 찢어놓았다. 그러곤 그 안으로 손을 집어넣어 당신 기저귀를 미세하게 조각조각으로 만들어 침대에 뿌려놓으신 상태였다. 분명 이렇게까지 어르신이 작업을 하려면 시간이 꽤 걸렸을 텐데 그동안 간병사님은 무얼 했냐고 나는 따져 물었다. 억울한 표정을 짓던 간병사는 내게 갑자기 본인 휴대전화를 들이밀었다. 어르신의 행동이 찍힌 동영상이었다. 정확하게 어르신의 이 행동은 1분 47초가 소요되었다.

김숙 어르신의 속도는 생각보다 매우 빨랐다. 간병사는 이날도 내게 불만을 토로하며 매일 이렇게 기저귀를 뜯어내니 하루에도 여러 번 시트며 옷을 갈아입혀야 한다며 다른 일을 할 수가 없다고 했다. 나는 어르신이 침상에 있으면 무료해서 더 그럴 수 있으니 적극적으로 휠체어 활동을 하시도록 했다. 문제는 어르신은 당신이 원할 때만 휠체어 타는 데 협조하고 나머지는 온몸으로 거부하신다는 것이었다.

나는 어르신들이 다른 곳에 집중할 수 있도록 집에 있던 뽁뽁이를 잔뜩 가져다 어르신들에게 나눠드렸다. 어르신들은 처음에는 손으로 하나하나 터트리며 집중하시는 듯했으나 얼마 못 가 그걸 입에 넣거나 돌돌 말아 자신의 몸속에 숨기기도 했다. 결국 이것도 소용이 없었다. 어르신들이 식사 시간엔 대부분 식사에 집중하시니 어르신들께 계속 소량씩 간식을 제공하기도 했다. 문제는 대부분의 간식들은 당분이 있다 보니 어르신들의 당 수치가 올라간다는 것이었다. 어르신들에게 맞는 대체 활동이 없었다.

어르신들은 어떤 마음으로 이런 행동을 반복하시는 걸까? 무엇을 벗고 싶으신 걸까?

어르신들의 이런 반복적인 행동은 단순히 기저귀나 옷을 벗기 위한 행위가 아닐 것이다. 이러한 행동은 어쩌면 잃어버린 자신에 대한 갈망과 불안한 마음을 해소하려는 시도는 아닐까?

어르신들이 나름대로 심리적 안정과 자유를 찾고 있는 중이었는지도 모르겠다. 중요한 것은 우리가 어르신들의 욕구를 이해하고, 그분들이 원하는 방식으로 소통하며 지지하는 것이다. 행동을 제지하기보다는 어르신들의 감정을 존중하고, 심리적 안정을 제공할 수 있는 환경을 만들도록 노력해야 한다. 결국, 어르신들이 반복적으로 보이는 행동의 이면에는 답답함과 불안이 있을 테니 말이다. 나는 오늘도 어르신들의 그러한 마음을 이해하고, 진정한 소통을 할 수 있는 방법을 찾아본다. 어쩌면 이 또한 그저 사랑하는 것밖에는 답이 없을지도 모르겠다.

도라에몽이
간절히 필요한 순간이 있다

　　큰아이가 어릴 때부터 유독 만화 중에서 《도라에몽》을 좋아했다. 도라에몽은 미래에서 온 로봇 고양이다. 귀여운 외모와 함께 다양한 기술적 장비가 내장된 4차원 주머니를 가지고 있다. 이 주머니에서 나오는 물건들은 항상 주인공과 그의 친구들이 겪는 문제를 해결하는 데 큰 도움을 준다. 가끔 딸아이 때문에 옆에서 보다 보면 도라에몽의 주머니에서 나온 여러 기계들이 탐날 때가 많았다.

　　병원에 출근하자 복도를 가득 채우는 비명이 들려왔다. "네년이 그러고도 사람이야. 딸년이 지 애비랑 놀아나서…." 목소리만으로도 어느 어르신인지 금방 알 수 있었다. 박현 어르신은 혈관성치매 환자였다. 입원한 지 두 달이 되어가는데도 아직도 망상이 전혀 조절되지 않고 있었다. 어르신은 물 달라고 요구하는 말투 자체도 비명 지르듯이 했고, 성적인 망상이 심한 상태였다. 이 세상 모든 여자는 첩년이라 표현하고, 온갖 입에 담을 수 없는 언어들을 병동이 떠나갈듯이 소리 지르며 내뱉었다.

나는 얼른 어르신이 계신 병실로 가서 어르신 성함을 나지막하게 불렀다. 눈도 제대로 뜨지 못하면서도 내 목소리를 알아들으신 어르신은 소리 지르기를 멈추고 눈을 뜨셨다.

"아이고. 우리 이쁜이 선생 왔네."

"어르신, 소리 지르지 마시고 조용히 이야기해주시기로 약속하셨죠? 아직 아침이라 주무시는 어르신들도 있어요."

"어. 그래. 미안해."

그러고 눈을 다시 감더니 방금 했던 대화들이 무색하게 다시 소리를 지르기 시작했다. 나는 어르신 침상 머리를 올린 후 서랍장에서 포도 하나를 꺼내 어르신 입에 넣어드렸다. 그제서야 어르신은 소리 지르던 걸 멈추고 입안에 있는 포도를 씹는 것에 집중하며 조용해졌다.

보호자들의 방문이 많은 점심 시간이었다. 또다시 시작된 박현 어르신의 비명. 이번엔 대상이 시어머니였다. "우리 시어머니가 여관에서 남자들 10명도 넘게 상대해. 그래서 ××가 너덜너덜해지고. 이 첩년들아." 주변 보호자들이 일제히 어르신이 있는 병실 쪽을 쳐다보며 수군대기 시작했다. 나는 하던 일을 멈추고 어르신을 모시고 밖으로 나갔다. 소리는 줄어들 기미가 보이지 않고, 오히려 목청이 떠나갈듯이 더 커졌다. 어르신은 도저히 입에 담지 못할 성적인 욕설을 하기 시작했다. 나는 재빨리 휠체어를 밀어 1인 격리실로 어르신을 모셔 갔다. 그러곤 문을 닫고 조곤조곤 어르신에게 말을 걸어봤지만 이미 어르신의 눈빛은 변해 있었고 내 목소리도 내 얼굴도 알아보지 못했다. 가까이 서 있는 나를 온몸으로 밀쳐내며 "네 년도 내 남편이랑 놀아났지. 이 첩년아. 너도 잡년이야" 하고 소리를 질러대며 내게 침을 뱉기 시작했다.

　담당의에게 연락하여 결국 어르신에게 안정제 주사를 투약했다. 어르신은 30분쯤 지나자 휠체어에 앉은 채 고개를 숙이고 졸고 있었다. 조용히 다가가 "어르신 방에 가서 주무실래요?" 하고 묻자 어르신은 아무 말 없이 고개를 끄덕이셨다. 담당의는 어르신의 약물을 증량했다.

　매일 류숙 어르신이 우는 목소리가 병동 안을 가득 채웠다. 어르신은 주무시거나 식사하는 시간을 제외하곤 계속 울기만 하셨다. 그래서 집에서는 할아버지가 차에 태워 주무실 때까지 하루 종일 드라이브를 하셨다고 한다. 할아버님의 증언에 의하면 어르신은 신호에 걸려서 차가 멈추거나 하면 어김없이 우셨고, 차가 출발하면 그치시곤 했다고 했다. 우린 어르신을 휠체어에 태워 하루 종일 울음이 멈출 때까지 밀고 다녔다. 그러다 휠체어가 움직이고 있는데도 어르신이 소리를 지르거나 다시 울면 그건 배가 고프거나, 화장실 가고 싶거나, 걷고 싶다는 표현이었다. 이런 욕구들을 해결해드리고 나면 어르신은 다시 조용해지시곤 했다.

어느 날 어르신이 이상하리만큼 처음 보는 미소를 지으며 인사에 대꾸도 해주셔서 나는 드디어 이제 병원에 적응하신 거라고 생각했다. 하지만 그건 착각이었다. 식사 후 어르신을 모시고 화장실 갔다 나오는데 갑자기 소리 지르며 울기 시작하셨다. 휠체어를 밀어도 소용이 없고 일으켜 세워 걷게 해드려봐도 여전히 울기만 하시는 어르신. 20분 넘게 끊임없이 이어진 어르신의 비명에 가까운 울음소리에 여기저기서 다른 어르신들의 불안한 기운이 감돌기 시작했다. 이불로 어르신 몸을 황급히 휘감고 하늘정원에 모시고 나가서 찬바람을 쐬어봤지만 5초 정도 멈출 뿐 다시 울기 시작하셨다. 바람이 너무 차서 혹 감기 걸리실까 싶어 다시 병동 안으로 모시고 들어왔다. 로비에선 소리가 크게 울려 다른 어르신들이 짜증 내기 시작해서 방음 시설이 돼 있는 1인실로 어르신을 모셔 갔다. 울기 시작한 지 1시간이 넘자 어르신은 탈진하신 것처럼 온몸에서 식은땀을 흘리기 시작했다.

결국 나는 마지막 방법을 꺼내 들었다. 당직의에게 연락하여 안정제를 투약했다. 휠체어로 조용히 병동 내를 몇 차례 왔다 갔다 한 지 10분쯤 지났을까 어르신의 울음소리가 잦아들었다. 그로부터 다시 10분쯤 지났을 무렵 어르신은 휠체어에서 곤히 잠드셨다.

홍연 어르신은 가만히 있다가 오늘도 느닷없이 소리를 지르셨다. 어르신은 식사를 하시다가도 투약을 위해 말을 시키면 그냥 밥상을 엎어버렸다. 직원이 옆에만 가도 주먹을 날리는 어르신. 3병동에서 생활하셨지만, 3년 만에 도저히 3병동에서 감당하기 힘들다고 해서 며칠 전 우리 병동으로 전실되었다.

첫날, 나는 어르신께 웃으며 "안녕하세요" 하고 인사를 건넸다. 그 순간 어르신은 내 안경을 낚아채 바닥에 던져버렸다. 내가 당황할 틈도 없이 어르신은 주먹으로 내 입 주변을 그대로 갈겨버렸다. 내 입안은 터져서 피가 흘렀다. 이미 폭력적이란 인계를 받았음에도 순간 방심한 나의 명백한 실수였다. 단호하게, 하지만 여전히 부드러운 목소리로 "어르신, 때리시면 저 아파요. 때리지 마세요"라고 말하며 살짝 옆으로 비켜 어르신 눈을 마주쳤다. 또다시 주먹을 날리지만 이번엔 내 손에 잡혔다. "어르신, 때리시면 안 돼요. 여기가 많이 낯설어서 그러시죠? 제가 도와드릴게요" 하는 내 말에 어르신은 나를 힐끔 쳐다보더니 갑자기 내 목에 걸려 있는 명찰을 잡아당겨 목줄을 끊어버리고 그대로 구겨서 바닥으로 던져버렸다.

나는 어르신이 쉽게 맘을 여실 분이 아니라고 직감하긴 했다. 하지만 이런 식일지는 몰랐다. 보통 어르신들을 며칠 겪다 보면 성향이 파악되는데 홍연 어르신은 남달랐다. 매일 다른 행동으로 우리를 놀라게 했다. 며칠 뒤 홍연 어르신은 우리가 당신 몸에 손만 대면 그대로 바닥에 누워버렸다. 생신 잔치로 분주하던 어느 날이었다. 직원들이 물품을 옮기기 위해 왔다 갔다 하는 틈에 로비 쪽 엘리베이터 문이 열리자마자 어르신이 재빨리 그 안으로 들어가버리셨다. 직원들이 어르신을 내리도록 하자 그대로 엘리베이터와 로비 사이에 걸쳐 바닥에 드러누워선 꼼짝도 하지 않으셨다. 당장 생신 잔치를 진행해야 하는데 바닥 한가운데 누워 계시니 잔치 진행이 어려워 결국 직원 다섯 명이 어르신을 들어서 옮겼다. 또 어떤 날은 병실에서 나오던 어르신이 느닷없이 복도에서 소리를 지르다가 직원들이 다가가자 갑자기 병실 입구 한가운데 드러누워버리셨다. 이런 경우는 나도 처음이라 어떻게 대응해야 할지 고민하다 그냥 지켜보기로 했다. 자꾸 관심을 가지면 더하시는 것 같아 다들 하던 일들을 하라고 하곤 나도 안 보는 척하며 내 일을 하고 있었다. 15분 정도 지났을까? 아무도 신경 쓰지 않자 어르신은 스스로 조용히 혼자 일어나 병실로 들어가셨다.

담당의에게 이런 상황을 보고하자 또 약물만 증량되었다. 아무리 생각해도 이건 약으로 해결될 문제 같지 않은데 담당의는 우리가 말만 하면 약들을 자꾸 추가했다. 우린 더 이상 담당의에게 어르신 문제 행동 증상에 대해선 보고하지 않게 되었다. 그나마 어르신이 투약 거부는 하지 않는다는 사실에 우리는 다행스럽다 여기며 감사해야 했다.

그러던 어느 날부턴가 어르신은 침상에서 꼼짝을 하지 않았다. 식사할 때 앉는 시간을 제외하고는 내내 누워만 계셨다. 어르신을 억지로 일으켜서 밖으로 모시고 나오기도 했지만 1분도 있지 못하시고 다시 병실로 들어가버리셨다. 분명 어르신이 까라지거나 졸려하는 모습은 보이지 않는데도 어르신은 침상에서 등을 떼려고 하지 않았다. 이렇게 몇 주가 지나자 어르신은 걷는 걸 잊으셨다. 차라리 예전처럼 어르신이 돌아다니며 바닥에 눕는 걸 보는 게 맘이 편했을 것 같다.

박현 어르신이나 류숙 어르신 등을 진정시키는 방법은 고작 신경안정제 투약이었다. 홍연 어르신도 주사는 맞지 않으셨지만 약이 계속 증량되니 이 상황들에 내 자신이 한없이 무기력해졌다. 나는 이런 순간들마다 도라에몽이 간절했다. '상황 설명기'로 어르신의 상황을 이해하고, '속마음 헬멧'을 사용해서 마음을 읽을 수 있었다면 이렇게 안정제 주사를 쓰거나 약을 증량하지 않았을 테니 말이다.

현실에는 도라에몽은 존재하지 않으니 그저 이분들에게 내 시간을 더 많이 할애하고 수시로 안아드리는 것, 그게 내가 할 수 있는 전부였다.

그저 어르신들이
걸을 수만 있다면

내가 퇴근한 후나 쉬는 날 병원에서 전화가 오면 내용의 거의 90퍼센트는 낙상 발생 보고였다. 낙상 알람 매트를 깔고(침상에서 환자 엉덩이가 떨어지고 3초가 지나면 복도에 설치된 전광판에 알람이 울린다), 침상 사이드를 고정하고, 때론 사이드 사이로도 내려오시니 그 앞에 휠체어도 가져다 놓지만 여전히 낙상 사고는 자주 발생했다.

주말 오후, 병실 끝쪽에서 급하게 나를 부르는 소리가 들렸다. 그쪽으로 뛰어가면서 이미 짐작했다. 낙상 사고임을 말이다. 아니나 다를까 한순 어르신이 침상 밑에 주저앉아 계셨다. 한순 어르신은 이미 네 차례나 낙상으로 인한 오른쪽 고관절골절, 허리골절의 과거력이 있는 분이었다. 옆에서 잡아주면 짧은 거리를 보행할 수는 있지만 대부분 휠체어로 활동해야 하고, 최근 방광 훈련 중에 보행에 대한 자신감이 붙으셨는지 수시로 침상에서 내려오려고 하셔서 낙상 우려가 컸던 환자이기도 하다. 어르신들 침상마다 벨이 있지만, 벨을 누르시라고 아무리 설명해드려도 치매 어르신들이라 단기기억장애 때문에 잊어버리셔서 소용이 없었다. 한순 어르신은 심한 왼쪽 골반 통증을 호소하셨고, 대퇴부골절로 수술을 받으셨다.

이처럼 대부분의 낙상 환자는 평소 휠체어로 생활하는 분, 혹은 보행이 가능하긴 하나 파킨슨질환과 같은 운동성 퇴행으로 나타나는 동결보행freezing of gait, FOG을 하는 분들에서 발생한다. 그래서 보행이 안정되면 낙상이 좀 줄어들지 않을까 하는 마음과, 또 치매 어르신들도 마지막까지 두 다리로 걸어 다니고 싶어 하시지 않을까 하는 생각에 나는 보행에 집착했다. 그래서 틈만 나면 멤버들과 함께, 휠체어에 앉아 있는 어르신들을 일으켜 보행 운동을 하도록 했다. 이렇게 보행 운동을 하고 나면 그다음 날 침대에서 혼자 내려오다가 낙상을 하시곤 했다. 그렇다고 낙상에 대한 우려 때문에 보행 운동을 하지 않고 몇 주만 지나면 근골격계의 유연성이 감소하고 근육과 관절이 경직되어 점점 더 보행이 어려워지고, 결국은 계속 휠체어 생활을 할 수밖에 없다. 낙상과 보행의 딜레마인 셈이다.

낙상 후 다행히 멍이 들거나 타박상 정도로 끝나는 경우도 있다. 하지만 서 있다가 주저앉거나 미끄러져 넘어지는 경우에는 한순 어르신처럼 골절로 이어질 때가 많다 보니 어떤 선택이 옳은지는 누구도 장담할 수 없다. 하지만 대부분의 현장에서는 낙상보다는 안전을 택하는 것 같다.

또 다른 경우는 약물에 의해 보행이 어려워지기도 한다. 행동심리증상 조절을 위해 사용된 항정신성 약물들로 사지 근육이 뻣뻣해지기도 하고, 보행실조가 생기기도 한다. 또한 기립성저혈압 같은 부작용들로 어지러움이 생겨 보행이 불안정해질 수 있다. 그렇다고 무조건 항정신성 약물을 중단하면 폭력성, 케어 거부 등이 심해지고 식이 거부, 망상, 우울, 불안 등의 증상으로 기본적인 일상생활 유지조차 힘들게 된다. 어르신 한 분 한 분의 케이스를 볼 때마다 '적당함'이란 게 이렇게나 어려운 일임을 깨달았다.

이정 어르신의 경우가 그랬다. 폭력 문제로 입원하신 어르신은 입원하면서부터 일주일에 두세 번은 안정제 주사를 맞았을 만큼 침대 사이드레일, 휠체어 바퀴 고정 장치, 간호사실 전화기 등을 파손하는 등의 폭력성이 심한 분이셨다. 어르신은 언어 기능이 손상되어 원활한 대화가 어려워서 무엇을 요구하는지, 왜 화가 나셨는지 알아차리는 게 힘든 상태였다. 분명 어르신이 화가 나는 포인트가 있을 것 같은데, 내 손을 잡고 노래를 흥얼거리며 기분 좋게 산책하다가도 갑자기 폭력적으로 돌변하시니 도저히 감을 잡을 수가 없었다.

담당의는 약을 계속 추가했다. 어느 순간 어르신은 스스로 씹고 삼키는 기능도 잊으셨고, 그렇게 사레로 인해 흡인성폐렴을 반복하다가 콧줄까지 하게 되었다. 그래도 나는 어르신의 활동을 유지하기 위해 어르신의 거부에도 하루에 한 번은 꼭 침상에서 일으켜 보행 운동을 해드렸다. 문제는 어르신이 다른 사람의 손길은 거부한다는 것이다. 보행을 하려면 침상에서 일으켜야 하는데, 어르신은 몸에 손만 대도 울부짖는 듯한 소리를 지르며 다리를 휘저으셨다. 이렇다 보니 기저귀 케어하면서도 간병사님들이 많이 맞았다. 그래서 누구도 어르신을 침상에서 일으켜 세우려 하지 않았다. 어르신은 내가 근무하는 날이 아니면 하루 종일 침상에만 있었다. 내가 병원을 그만두고 3개월쯤 지났을 때 이정 어르신이 이제 더 이상 걷지 못하고, 잘 웃지도 않는다는 이야기를 듣고 많이 울었었다.

그래도 몇 명의 어르신은 나의 끈질긴 보행 운동으로 스스로 걸을 수 있게 되었다. 조영 어르신은 입원할 때부터 휠체어를 타셨던 분이다. 보호자인 따님의 말에 의하면 1년 전부터 식사량이 줄면서 제대로 서는 게 힘들고 자주 주저앉아 6개월 전부터 휠체어를 타기 시작했고, 그 뒤로는 아예 누워만 있으려고 하신다고 했다. 어르신은 내가 손을 잡고 세웠다가 조금이라도 비틀거리면 잡아주는 나까지 같이 넘어졌을 만큼 체격이 크신 분이다. 혼자서는 도저히 보행 운동을 시키기가 어려웠고, 어르신이 워낙 침상에서 일어나려 하지를 않았기에 매번 다른 직원 한 명을 동원해야 했다.

문제는 다들 바쁘다 보니 나의 이런 관심에 호응해주지 않았다는 것이다. 담당의도 그러다가 괜히 낙상해서 둘 다 다치지 말고 그만하라며 나를 종용했다. 그렇다고 포기할 순 없었다. 왜냐면 어느 날 어르신이 혼잣말로 "난들 안 걷고 싶겠어. 다리에 힘이 전혀 안 들어가는 걸 나보고 어떡하라고" 하시며 우는 모습을 봐버렸기 때문이었다. 그때부터 어르신과 나의 고독한 도전이 시작됐다.

　간병사님께 목욕 가기 전 30분 정도만 미리 휠체어를 태워달라고 부탁했다. 어르신이 벽 구석진 곳에서 안전바를 잡고 서도록 한 다음 휠체어를 빼버리고 내가 바짝 뒤에 붙어 내 무릎으로 어르신을 지지하고 서 있었다. 처음엔 어르신이 뒤로 주저앉을 것처럼 몸이 뒤로 넘어와 내가 어르신 무게를 감당하지 못해 허리를 다친 적도 있었다. 그렇게 10초, 20초 늘려가던 어르신은 어느 순간 5분도 넘게 안전바를 잡고 서 있을 수 있게 되었다. 어르신 스스로도 본인이 설 수 있다는 걸 알게 된 후부터는 나만 보면 불러 세웠다. "서 선생, 오늘은 안 해? 나 오늘은 발도 뗄 수 있을 것 같아." 그렇게 몇 달이 지난 후 어르신은 내 손을 잡고 천천히 걸을 수 있게 되었다.

　조영 어르신이 걸을 수 있게 되면서부터 한동안은 많이 바빴다. 휠체어에 앉아 있는 다른 어르신들도 다들 자신도 걷고 싶다는 의지를 내보이셔서 말이다. 그렇다고 모든 분들이 조영 어르신처럼 걸을 수 있게 된 것은 아니다.

　나이가 들면 근육량과 근력은 자연스럽게 감소한다. 이로 인해 균형을 유지하고 보행을 지원하는 데 필요한 근력이 부족해지며, 보행이 점점 더 힘들어진다. 노화로 인해 관절은 퇴행성 변화, 특히 관절염의 영향을 받기도 한다. 관절의 연골이 마모되거나 염증이 생기면 관절의 운동 범위가 줄어들고 통증이 발생해 걸음걸이가 불안정해지고 보행이 힘들어지기도 한다. 또한 어르신들은 신경계의 기능도 저하되어 뇌와 척수의 신경세포가 줄어들고, 신경전달 속도가 느려지며, 신경의 재생 능력이 떨어진다. 이러한 변화가 보행을 조절하는 뇌의 기능과 신경전달 경로에 영향을 미쳐 균형 감각과 보행 조절에 어려움을 초래하기도 한다. 이처럼 어르신들의 보행이 어려운 경우는 변수가 너무나 많다.

그럼에도 불구하고 나의 수고로 어르신들이 조금이라도 더 오래 걸을 수 있다면 최선을 다해 그분들이 계속 걷게 해드릴 것이다.

감각이 아닌
마음으로 만나야 보인다

우리는 세상을 다양한 감각을 통해 경험한다. 눈으로 보고, 귀로 듣고, 피부로 만지며, 미각과 후각으로 세상을 느낀다. 하지만 이 감각적 경험이 언제나 옳지만은 않다. 특히 치매 어르신들과의 일상 속에서는 감각을 넘어서는 더 깊은 이해가 필요하다는 걸 매 순간 경험한다. 치매라는 질병은 어르신들이 경험하는 세상을 변형시키기도 한다. 치매 어르신들의 행동심리증상에서 단지 문제 행동에만 초점을 맞추다 보면 정작 어르신이 어떤 걸 필요로 하는지가 보이지 않을 때가 있다. 그래서 '보이는 것'과 '보이지 않는 것' 사이의 간극을 채울 '마음'이 필요하다.

김정 어르신은 네 곳의 요양병원을 전전하다가 보호자분들이 마지막이라는 희망으로 우리 병원으로 모셨다고 한다. 입원하신 첫날 모든 케어를 거부하고 휠체어 보호대 줄을 이로, 손으로 갈기갈기 찢어놓으셨다. 자가 배뇨가 어려워 소변줄을 하고 있는 상태였는데, 소변 주머니를 세로 방향으로 물어뜯고 알아들을 수 없는 괴성만 계속 지르셨다. 침상으로 올라가는 것조차 거부하고, 휠체어에 반쯤 걸터앉은 자세로 발로 병동 안을 돌아다니던 어르신. 담당의는 어르신에게 안정제를 투약하도록 지시했다. 문제는 주사를 놓기 위해선 어르신이 협조해야 하는데, 문제 행동을 보이는 그 순간의 어르신들의 힘은 상상을 초월할 정도로 막강하다는 것이다. 간병사 세 명, 간호팀 두 명이 잡는데도 어르신 팔 하나를 똑바로 잡기가 힘들었다. 한참을 실랑이하며 어렵고 힘들게 주사를 놓고 30분쯤 지났을까 이내 축 늘어진 어르신을 침상으로 올렸다.

어르신이 입원한 후 며칠 동안 대화는커녕 어르신의 목소리를 듣는 것조차 어려울 만큼 어르신은 안정제에 취해 있었다. 그렇게 일주일쯤 지난 어느 날이었다. 분명 눈을 뜨고 있는데 부르는 소리에도 쳐다보려 하지 않고 창밖만 응시하고 있던 어르신. 난 창문쪽으로 몸을 옮겨 어르신과 눈높이를 맞추고 "김정 어르신, 안녕히 주무셨어요" 하며 늘 하던 인사를 건넸다. 내 눈을 똑바로 응시하던 어르신은 갑자기 몸을 일으키려고 애쓰셨다. 순간 나도 움찔하며 혹시나 또 주먹이 날아올지도 모르니 내 몸을 뒤로 뺐다. 그 순간 어르신의 한마디, "나 너무 어지러워. 왜 이리 자꾸 잠만 와?" 어르신이 짠해진 나는 어르신의 흉부 보호대를 풀었다. 그러곤 "어르신, 저랑 휠체어 타고 나가실래요?" 하며 어르신을 일으켜 휠체어로 옮기는데 어르신은 아무 말도 없이 그저 몸을 내게 맡기셨다. 그러곤 휠체어 보호대를 하려는 찰나 갑자기 어르신이 흥분하기 시작하며 보호대를 거부하고 소리를 지르기 시작했다. 발까지 바둥거리며 어르신이 몸을 들썩이자 간병사님이 어르신을 잡으려 했다. 난 눈짓으로 괜찮다는 신호를 보내며 어르신을 향해 보호대를 들어 보이며 "어르신, 이거 싫으면 안 하셔도 돼요" 하곤 아예 보호대를 빼버렸다. 그러자 다시 얌전해진 어르신, 그렇게 그날 이후 나는 어르신에게 적용했던 흉부 보호대를 제거했다. 그러자 안정제 투약도 없이 어르신의 하루가 지나갔다. 여전히 어르신은 가끔 소리를 지르기도 하고 발길질을 하긴 했으나 잠시 그러다 스스로 그만두었다.

그렇게 또 일주일이 지나고, 어르신의 표정에 변화가 생겼다. 내가 인사하기 전에 먼저 일어나 손을 흔들며 인사를 해주시기도 하고, 먼저 휠체어를 타고 싶다고도 하셨다. 휠체어로 옮기며 어르신 다리를 지지하는데 왠지 설 수 있을 것 같았다. "어르신, 한번 서보실래요?" "다리에 힘이 없어" 하면서도 어르신은 날 잡고 서셨다. 그렇게 나는 매일 어르신의 보행 연습을 맡았다. 틈날 때마다 어르신 손을 잡고 복도를 왔다 갔다 하며 어르신 자녀들 이야기도 들을 수 있었다. 김정 어르신은 입원 3주가 지난 어느 날 잡아주지 않아도 혼자 걸을 수 있게 되었다. 그것뿐만이 아니었다. 더 이상 어르신에게서 폭력적인 모습은 찾아볼 수 없게 되었다. 걸을 수 있게 되면서 시간 맞춰 화장실로 모셔 가니 대소변 조절도 가능해져 기저귀도 필요 없게 되었다. 무엇보다 이제는 항상 먼저 환하게 웃어주시는 스마일 어르신으로 변해 있었다.

우리 병동에서 해피 걸이라 불리던 김순 어르신. 처음 입원하셨을 때를 떠올리면 거의 기적에 가까울 정도로 완전히 캐릭터가 바뀐 분이다. 어르신이 입원하던 날 나는 휴가 중이었다. 이틀째 되던 날 근무하던 오후 담당 간호사가 내게 전화를 했다. "수샘, 우리 병동에 새로운 복병 어르신이 입원하셨어요. 얼른 오세요. 우리는 감당이 안 돼요." 어르신은 입원해서 3일 정도는 계속 대성통곡하며 울기만 하셨다고 한다. 보호자의 말에 의하면 평생 우울증과 신경성 질환이 있어서 '징징이' 일상이었다고 한다. 에디슨증후군을 진단받은 어르신은 늘 피로감을 호소하며 휠체어도 10분 이상 탈 수가 없어 거의 매일 침상에만 계셨다고 했다. 척추측만증이 심해서 보행이 어려운 상태라고 했다.

하지만 지금은? 보호자가 면회할 때마다 대체 뭘 어떻게 했냐며 신기해할 정도로 얼굴이 행복한 표정으로 바뀌셨다. 반사적으로 나만 보면 환하게 웃어 보이시는 분. 어르신은 매일 "나는 행복하다. 난 할 수 있다"라고 아침마다 외치신다. 식사만 하시고 나면 운동하신다고 휠체어 태워달라고 하시고, 하루 종일 병동을 다니시느라 늘 바쁘다. 그리고 매일 조금씩 이동식 보행기를 이용해 보행 운동도 하고 있다. 설 수조차 없었던 어르신이 걸으실 수 있게 된 것이다.

어르신을 볼 때마다 다들 기적이라 표현하지만 정말 기적이었을까? 내가 마술이라도 부린 걸까? 나는 어르신을 처음 만나자마자 알았다. 어쩌면 어르신은 그동안 당신을 믿어주는 사람이 없어 많이 외로우셨을지도 모르겠다고 말이다. 남편, 자식들조차 어르신이 울면 늘 그랬으니 원래 그런가 보다 하고 어르신 마음을 물어봐 주지 않았다고 한다. 누구도 어르신이 걸을 수 있다고 말해주지 않았고 말이다. 그런 어르신께 내가 해드렸던 건 그저 매일 몇 번씩 안아드린 것이었다. 그리고 "어르신, 그렇게 울기만 하시면 제가 어르신이 뭐가 필요한지 알 수가 없어요. 필요한 게 있으면 저한테 말로 이야기해주세요"라고 부탁드렸다. 그리고 울지 않고 이야기하시면 "어르신, 약속 지켜주셔서 너무 감사해요" 하고 또 안아드렸다. 그리고 어르신의 이야기를 들어드렸다.

의외로 치매 어르신들은 믿어주고 안아드리는 것만으로도 맘의 안정을 찾으시는 분들이 많았다. 물론 이게 다는 아닐 것이다. 기존에 드시던 우울증 약을 다른 약으로 바꾸기도 했고, 이곳에서 친구도 만들고 하면서 점차 안정을 찾으셨던 이유도 있었을 테니 말이다. 하지만 어르신은 내가 안아줄 때 늘 행복했다고 표현하신 걸 보면 이게 정답이었는지도 모르겠다.

나는 매일매일 어르신들 속에서 신기한 경험을 했다. 어느 날은 어르신들이 오르지 못할 산처럼 느껴져 아무리 노력해도 정상까지 가기가 버겁기만 했다. 또 어느 날은 그저 어르신의 한마디에 힘들고 짜증 나던 순간들이 다 사라지기도 했으니 말이다. 바로 그날처럼 말이다.

저녁 설거지를 하던 중에 모르는 번호로 전화가 걸려왔다. 김민 어르신이었다. 어르신은 망상, 케어 거부, 탈억제 등의 증상으로 다른 요양병원에서 강제 퇴원당하신 분이었다. 그곳에서 사지 보호대를 착용하고 항정신성 약물을 너무 많이 먹어서 걷지도 못하고 욕창까지 발생한 상태였다. 우리 병원으로 와서 어르신의 욕창은 한 달 만에 치료되었다. 현재는 보행 보조기를 잡고 단거리는 보행하실 수 있을 정도로 컨디션이 좋아진 상태였다. 하지만 투약되던 약들을 다 뺐더니 망상이 심해져 계속 주변 사람들을 의심했다. 또 불면증을 호소하며 매일 수면제를 요구했다. 수면제를 드시면 다음 날 기운 없어서 힘들어하여 최대한 수면제를 안 드리려고 하다 보니 매번 밤 근무 간호사와 씨름을 하셨다.

그런 어르신은 유달리 나에게만큼은 한없이 친절하고 다정하셨다. 나를 "대표님"이라 부르며, 간식이 생기면 갖다주시고, 날 보면 언제나 두 팔 벌려 꼭 안아주셨다. 어르신이 입원하시고 얼마 되지 않았을 때 간병사와 병원이 맘에 안 든다며 보호자들에게 전화하고 한바탕 난동을 부리셨다. 내가 달래드리며 "어르신, 앞으로 무슨 일이 생기면 언제든지 저한테 전화하세요" 하며 내 명함을 드렸다. 그때 설마 전화를 하시겠어? 했는데 어르신이 정말로 전화를 하신 거였다. 요지는 뚱뚱한 안경 낀 간호사가 눈알을 부라리며 소리 지르고 화를 내서 너무 무서워 잠을 잘 수가 없다는 내용이었다. 우리 병동에는 뚱뚱한 간호사가 없었다. 나는 어르신 말에 "그러셨구나"라며 맞장구를 치며 한참을 달래드렸다. 그러다 어르신의 한마디,

"대표님, 근데 밥은 잡쉈어? 우리 대표님 맛난 거 먹어야 하는데."

진지하게 전화 받던 나는 참을 수 없는 웃음을 터트렸다. 내가 한참을 웃자 어르신도 같이 웃으셨다.

전화기 너머 어르신의 밝은 웃음소리에 내 맘은 안심이 되었다. 어르신은 진짜로 무섭거나 잠을 잘 수가 없어서 내게 전화하신 게 아니었다. 그저 누군가와 이야기하고 싶으셨던 거다. 어르신은 나와 통화를 하시곤 그날은 수면제 요구도 없이 잘 주무셨다고 한다.

치매 어르신들과의 소통에서 가장 중요한 것은 마음으로 어르신들을 이해하려는 노력이다. 감각만으로는 어르신들을 완전히 알 수 없다. 그래서 보이지 않는 어르신들의 감정과 필요를 진심으로 들여다볼 줄 알아야 한다. 내가 마음으로 다가설 때 어르신들의 삶에 따뜻한 변화가 생기고, 어르신들의 하루가 더 의미 있게 변할 수 있음을 나는 믿는다.

익숙함이
삶의 무기가 될 때까지

　치매병동에서 어르신들을 돌보며 자주 마주하는 감정 중 하나는 익숙함이었다. 익숙함은 때로는 안도감을 주기도 했지만, 그렇기에 더 힘듦으로 다가오기도 했다. 그러나 익숙함이 단순히 반복의 연속이 아니라 강력한 삶의 무기로 변할 수 있다는 사실을 인식하는 순간, 지금 내가 겪는 이 모든 것이 중요한 경험의 자산이 될 것임을 매번 확신했다.

　근무 중이던 어느 오전, 로비 쪽에서 송순 어르신과 간병사의 목소리가 들려왔다.

　"어르신, 오늘은 목욕하셔야 해요. 냄새가 너무 나요."

　"뭔 상관이야? 나 혼자 사는데. 네년이 난리야. 저리 가. 얻어맞고 싶지 않으면."

두 달째 매주 목요일만 되면 간병사와 송순 어르신이 목욕 때문에 실랑이를 벌였다. 송순 어르신은 배회, 케어 거부 등의 증상으로 입원하셨다. 식사는 물론이고 간병사가 도와주려는 모든 것을 거부하셨다. 문만 열리면 나가려고 하고, 제지당하면 무조건 주변 사람에게 폭력을 행사하다 의자나 침대 밑에 들어가 누워버리셨다. 그래도 시간이 지나니 식사는 반 정도 마지못해 하고 계시고, 때론 입맛에 맞는지 다 드실 때도 있었다. 물론 처음 첫 수저는 무조건 "너나 처먹어"로 시작하긴 하지만 어쨌든 드시긴 하셨다. 배회도 그즈음 우리 시야에서만 왔다 갔다 하셔서 충분히 컨트롤이 가능한 상태였다.

문제는 목욕 같은 개인위생 활동에 대한 케어 거부였다. 입원하신 지 벌써 두 달이 되었는데 아직 목욕을 제대로 한 번도 하질 못했다. 냄새가 나는 건 둘째 치고, 항상 모자로 가려진 머리에선 뭔가가 흐르는 것 같고, 어르신이 누운 베개는 썩은 생선 냄새가 나기 시작했다. 그래서 모두가 오늘만은 꼭 목욕을 시켜드리리라 다짐을 했건만 오전 내내 설명하고 설득도 해봤지만 어르신이 워낙 강경하게 거부하고 도망 다니셔서 다들 거의 포기한 상태였다.

그러다 오후 1시경 로비 화장실에서 나오는 어르신 걸음걸이가 수상했다. 아마 팬티기저귀에 대변을 보신 듯한데 축 늘어진 기저귀로 엉거주춤 걷다가 본인 손을 바지 속으로 넣어 만지작거리셨다. 시선은 계속 어르신을 따라가고 있는데 기저귀에서 뭔가를 꺼내 든 어르신이 의자에 쓱 하고 문질러버리셨다. 대변이었다.

이젠 더 이상은 안 되겠다 싶어 담당 간병사님이 팔짱을 끼고 "우리 이제 목욕하러 가요" 하고 당겨봤지만 꿈적도 않으셨다. 결국 나를 포함한 간호사 두 명, 조무사 두 명, 간병사 두 명 총 여섯 명이 붙어 거의 들다시피 하여 목욕탕으로 모셔 갔다. 끝까지 저항하며 주먹을 휘두르고 발버둥 치시는 통에 옷 벗기는 것 자체가 전쟁이었다. 내 이름표는 뜯겨서 날아가고, 다른 직원 한 명은 얼굴을 주먹으로 맞아 안경이 바닥에 나뒹굴고 또 다른 직원은 멱살이 잡힌 채 당겨져 가운이 찢겨졌다. 이쯤에서 포기해야 하나 싶었지만, 그러면 정말 어르신 목욕을 포기해야 할 수도 있단 걸 알기에 이번엔 무리해서라도 강제성을 동원할 수밖에 없었다.

혹자는 그럴지도 모르겠다. "그깟 목욕 좀 안 하면 어때? 환자가 싫다는데, 하고 싶을 때 하면 안 되나?"라고 말이다. 우리가, 내가 그걸 몰라서 그러고 있었을까? '휴머니튜드'를 몰라서 그랬을까? 우리가, 내가 그런 노력을 전혀 안 해봤을까? 인형을 목욕시키는데 도와달라고도 해봤고, 간병사가 먼저 옷을 벗으려고 하며 같이 씻자고도 해봤다. 일부러 어르신 옷을 젖게 해서 갈아입자고 하며 목욕탕으로 모셔도 가봤다. 하지만 이런 방법들이 통하지 않는 케이스의 어르신들이 현장에는 셀 수 없이 많다.

우린 정말 힘겹게 어르신께 붙어 장장 30분에 걸쳐 목욕을 시켜드렸다. 마지막으로 헹궈드리고 수건을 어르신 손에 건네드리며 "어머니, 이제 닦는 건 어머님이 하세요" 하자 순순히 수건을 받아 들고 닦다가 화가 나시는지 "너희들, 나가면 다 죽여버릴 거야"라며 소리를 지르셨다. 우린 익숙한 듯 모두 하나같이 "네~ 네~ 고생하셨어요" 하곤 각자의 자리로 흩어졌다.

잠시 후 어디선가 노랫소리가 들려서 보니, 송순 어르신이 '내 나이가 어때서' 노래를 따라 부르며 로비 의자에 반쯤 누운 채 TV를 보고 계셨다. 우리는 온몸에 비눗물이며 물이 튀어 너덜너덜해진 채로 젖은 양말을 벗고 새것으로 갈아 신고는 서로 쳐다보며 웃었다. 이 정도는 우리에겐 너무나 익숙한 일이었으니 말이다.

이렇게 몸으로 깨닫는 익숙함도 있지만, 때로는 우리가 선택한 익숙함도 있었다.

배순 어르신은 18세의 기억 속에 멈춘 분이었다. 어르신이라는 호칭에 매번 당황하시며 "아니. 선생님~ 어르신이라니요. 저 이제 겨우 열여덟인걸요"라며 수줍게 웃으셨다. 어르신에게 우린 어르신이라는 호칭 대신 '애기씨'라고 불러드렸다. 어르신은 아들과 딸을 늘 우리 언니, 오빠라고 부르시던 분이었다. 어르신은 휴지 수집가였다. 늘 어디선가 휴지를 모아 당신의 서랍장에 보자기로 싸서 보관하셨다. 우리는 한번씩 어르신이 로비로 나가신 틈에 보자기를 열어 조금씩 정리를 해드리곤 했다. 그렇지 않으면 위생상 좋지 않은 일들도 발생했기 때문이다.

점심 시간, 어르신들 반찬으로 마늘수육과 쌈채소가 나온 날이었다. 나는 여느 날처럼 약을 돌리며 어르신들 식사하시는 걸 보고 있었는데, 배순 어르신의 이상한 행동이 눈에 들어왔다. 간병사님

눈치를 보며 자꾸 뭔가를 호주머니에서 꺼내어 반찬 위로 덮으시는 모습이었다. 가까이 가서 확인하는 순간 나는 어르신의 식판을 그대로 치워야 했다. 어르신이 휴지를 깨끗한 것만 모으고 있던 것도 아니었고, 휴지를 수집 용도로만 이용하는 것도 아니었기 때문이다. 어르신은 보자기 안의 휴지 한 움큼을 호주머니에 넣어두었다가 그 휴지 한 장을 들어 그 위에 수육을 올리고 싸 먹으려고 하셨던 것이다. 그 휴지는 누군가가 화장실에서 사용한 휴지였다. 이 일이 있고 나서부터는 수시로 어르신 모르게 서랍장과 보자기를 뒤져서 깨끗한 휴지들로 정리해드렸다.

배순 어르신은 헤모글로빈(빈혈) 수치가 계속 떨어지고 있어 두 달에 한 번씩 수혈을 해야만 했다. 문제는, 수혈을 하는 2시간 동안 어르신이 반복해서 주사를 빼버리셨다는 것이다. 어쩔 수 없이 수혈하는 동안은 직원 한 사람이 옆에서 끊임없이 "애기씨, 지금 빈혈이 심해서 피 주사를 맞으시는 중이에요. 주사 빼시면 안 돼요"를 반복해야 했다. 어르신이 수혈받는 동안 주사를 빼지 않도록 여러 방법을 시도했다. 혹시 피 색깔 때문에 어르신이 거부감이 들어 주사를 자꾸 빼시나 싶어 수혈 봉지를 보자기로 싸보기도 하고, 로비에 앉은 채 프로그램에 참여하면서 수혈 중임을 잊어버리도록 관심도 돌려보았다. 어르신이 좋아하시는 휴지 접기를 하도록 유도하며 어르신이 다른 곳에 집중하게도 해봤지만, 금세 어르신은 주사를 빼버리셨다.

주치의는 보호대 처방을 했고, 보호자인 아드님도 수혈하는 동안만 보호대를 사용하는 것에 동의를 했다. 하지만 우리는 보호대를 적용할 수가 없었다. 아니, 처음 보호대 처방이 내려졌을 땐 수혈하는 동안 양 손목 보호대를 적용하기도 했었다. 너무 바빠서 도저히 멤버 한 명이 옆을 지킬 상황이 아니었고, 하필 그날 대타 간병사가 근무하는 날이었다. 하지만 수혈받던 내내 어르신은 고통스러워하셨고 그 후 며칠 동안 우리만 보면 무서워하며 도망을 가셨다. 침대에 누워서도 벌벌 떠는 어르신을 보고 난 후 우린 도저히 다시 보호대를 할 수가 없었던 것이다.

치매 어르신들은 단기기억장애가 있어 지난 기억을 잘 잊어버리시는 건 사실이지만, 어르신들의 그 순간의 감정은 절대 사라지지 않는다. 그걸 알기에 우린 더 이상 어르신에게 두려움이란 감정을 심어드리고 싶지 않았다. 그래서 우리는 어르신 곁을 지키는 쪽을 선택했다. 그 결정이 쉽지 않았지만, 어르신의 안전과 편안함을 우선으로 생각하며 그 순간의 감정을 존중하는 것이 가장 중요하다는 것을 다시 한번 확신했다. 이렇게 익숙함 속에서도 매일매일 쌓아가는 경험들은 단순한 반복이 아닌, 소중한 배움의 자산이 된다. 그리고 그 배움이 앞으로의 돌봄에 깊이와 진정성을 더할 것임을 나는 믿는다.

치매,
낯선 세상에서
오늘도 배운다

죽음보다
무섭다는 이것

　많은 사람들이 죽음이 두렵긴 하지만 그보다 더 무서운 것이 있다면 바로 기억의 상실인 치매라고 이야기한다. 치매가 생기면 단순히 기억을 잃는 것이 아니라, 자신의 정체성과 존재 자체를 잃어버린다고 말이다. 매일매일 자신이 누구인지, 어디에 있는지조차 혼란스러워하며, 소중한 사람들과의 기억이 서서히 흐려져 환자는 자신의 삶을 잃어버린다고 생각한다. 이를 지켜보는 주변의 사랑하는 이들 또한 무력감을 느낀다. 치매는 단순한 질병이 아니라, 인생의 의미와 기억을 송두리째 흔드는 무서운 '지옥'이라고 표현되기도 한다. 정말 그럴까? 치매에 걸리면 모든 게 끝나는 걸까?

　지난해 여름 농촌 마을에서 사업하며 만난 어르신들 중에도 유독 '치매'라는 단어 앞에 두려워했던 분들이 있었다. 91세 어르신,

본인 생년월일조차 모른다고 하시면서도 본인 나이가 90이 넘었다며, 살 만큼 살았으니 대충 검사하고 끝내달라고 하시던 분도 그랬다. 내가 검사 결과를 설명하는 내내 시끄럽다, 그만해라, 지금 죽어도 여한 없다고 말씀하시며 귀찮아하셨다.

"어르신, 지금이라도 금연하셔야 해요."

"내 나이가 몇인 줄 알아? 내가 이만큼 살았음 됐지. 뭘 얼마나 오래 살려고 내 평생 제일 좋아하는 걸 니가 뭔데 끊어라 말해."

"어르신, 이게 어르신 뇌파검사 결과에요. 치매 전 단계인 경도인지장애의 위험 색깔을 나타내는 거예요. 초록색은 안전, 노란색은 조심, 빨강색은 위험 단계인데 어르신은 빨강색인 위험 단계로 나왔어요."

"뭐? 내가 치매라고?"

"아니요. 치매라는 말이 아니라 인지장애의 위험성이 있을 수 있다고 말씀드린 거예요. 치매 예방에서 절대 하지 말아야 할 것 세 가지가 있어요. 담배, 술, 머리 외상이에요. 그중 제일 중요한 게 바로 금연이에요."

"내가 죽는 건 안 무서운데 치매는 무서워. 마지막까지 이대로 멀쩡하게 있다 가야지. 자식들한테 못 볼 꼴 보이면 안 되잖아. 그치? 나 담배만 끊으면 치매 안 걸릴 수 있어?"

또 다른 81세 어르신. 혈압, 당뇨, 우울증이 있는 분이었다. 내가 설명하는 내내 무표정으로 반응이 없다가 치매 이야기가 나오자마자 눈물을 흘리셨다.

"난 세상에서 제일 무서운 게 치매야." "그냥 지금 죽었으면 좋겠어. 나중에 치매 걸려서 자식도 못 알아보고 볼일 보는 것도 모르고 그렇게 살고 싶지는 않아."

이 두 분을 만나면서 80대, 90대인 분들조차 치매를 죽음보다 두렵고, 차라리 죽음을 택할 만큼 무서운 존재로 여기고 있음을 알 수 있었다.

병원 근무할 때도 마찬가지였다. 어르신들이 나와 TV를 보고 있었던 어느 날이었다. 한 어르신이 계속 손바닥으로 의자 손잡이를 치는 행동을 보이자 이를 보고 있던 다른 어르신이 "아, 그만 좀 해요. 정신 사나워 죽겠네" 하시며 혀를 쯧쯧 차셨다. 그 모습을 본 간병사님이 그 어르신을 모시고 방으로 들어가자 "에휴~ 치매 걸리면 죽어야지. 자기가 뭘 하는지도 모르고 저렇게 살 거면 왜 사는지 몰라" 하고는 리모컨으로 당신 보고 싶던 음악 프로그램으로 바꾸셨다. 이곳은 치매병동이다. 정도의 차이는 있지만 이곳에 입원해 계신 분들은 모두 치매라는 진단명을 가지고 있다. 혀를 차며 욕을 하시는 어르신 또한 치매 환자였다. 그런데도 당신은 아니라고 생각하시며 매번 행동심리증상을 보이는 어르신들만 보면 불쌍해하거나 욕을 하셨다.

돌아가신 시어머님도 "내가 치매 걸리기 전에는 죽어야 할긴데. 치매 걸리면 사는 게 사는 게 아인기라. 지가 똥오줌 싼 것도 모르고 자식도 못 알아보고 그리는 안 살아야 할긴데"라는 말을 자주 하셨다. 지금은 상황이 많이 나아지긴 했지만 몇 년 전까지만 해도 입원 상담 시에 보호자들이 항상 마지막에 하는 말이 있었다. "우리 엄마는 기억력이 좀 떨어지긴 했지만 치매는 절대 아니에요." "우리 아버지는 아직 정신은 말짱해요. 그러니 치매 환자 없는 데로 보내주세요." 치매라는 질환을 마치 전염병처럼, 절대 걸리면 안 되는 병인 것처럼 숨기려 하고 애써 외면하려는 모습들이었다.

2024년 7월 국회는 '치매'라는 용어를 '인지증'으로 변경하는 내용을 담은 '치매 관리법' 개정안을 발의했다. 이름이 바뀐다고 인식이 바뀌는 걸까? 이름을 바꾸면 편견들이, 불안감이 갑자기 사라질 수 있는 걸까?

매년 9월 21일은 '세계 알츠하이머의 날'이다. 우리나라에서도 2011년 치매 관리법을 제정하면서 이날을 '치매 극복의 날'로 정하고 법정기념일로 지정했다. 치매 관리법은 치매 관리의 중요성을 널리 알리고 치매를 극복하기 위한 범국민적 공감대를 형성하기 위해 제정되었다. 하지만 지금도 대부분의 사람들은 이런 날이 있는지조차 잘 모른다. 애써 나와는 상관없는 일이라 외면하는 것일까? 두렵다고 하면서도 치매에 대해 알려고 하지 않는다. 내 부모님 혹은 가까운 지인들이 아픈 걸 경험하고서야 급하게 관심들을 갖게 되는 것이 현실이다.

치매는 누구에게나 잠재적인 위협이 될 수 있다. 중앙치매센터 통계에 따르면 65세 이상의 치매 유병률은 10.41퍼센트다. 즉 65세 이상은 10명 중 한 명이 치매 환자인 것이다, 이는 인구 고령화와 깊은 관련이 있다. 따라서 우리 모두가 이 문제에 직면할 수 있음을 인식해야 하며, 더 이상 외면할 수도 없다.

혹시 나도 치매이진 않을까 하는 막연한 불안감으로 살기보단 치매에 대한 지식을 쌓고, 치매여도 괜찮을 수 있는 방법을 찾는 것이 더 효율적이다. 치매의 조기 발견과 예방은 치매의 진행을 늦출 수 있는 중요한 방법이다. 우리는 다양한 프로그램과 교육을 통해 치매를 이해하고, 환자와 그 가족을 위한 지원 시스템을 마련해야 한다. 이는 단순히 개인의 문제가 아닌 사회 전체의 문제라는 인식을 확산시키는 길이다. 우리가 서로를 이해하고 지지할 때, 치매에 대한 두려움은 줄어들고, 보다 효용적이고 따뜻한 사회를 만들 수 있다.

이제는 치매를 두려워하는 것에 그치지 말고, 이를 극복하기 위한 행동으로 나아가야 한다. 사랑하는 이들과의 소중한 시간을 되새기고, 그들과의 관계를 더욱 깊게 만드는 기회로 삼아야 한다. 치매는 우리 삶의 끝이 아니라 새로운 시작이 될 수 있다. 우리가 서로를 이해하고 사랑으로 감싸줄 때, 환자들은 잃어버린 기억 속에서도 우리가 함께했던 소중한 순간들을 느낄 수 있다. 결국 죽음보다 더 무서운 것은 치매가 아니라 어쩌면 우리가 사랑했던 이들과의 관계를 잃는 것이다.

그러니 치매 환자들도 존엄성과 자유를 누릴 수 있는 사회를 만들어나가야 한다. 우리 모두가 함께 나누는 사랑의 기억이 치매라는 불안의 그늘을 덮어줄 수 있도록, 이제는 행동으로 옮길 때다.

모두가 치매를 이해하고, 이를 극복하기 위한 공감과 지지를 나눌 수 있는 사회가 되어야 한다. 서로의 이야기에 귀 기울이고 함께 걸어가는 길을 만들어나갈 때, 우리는 치매와 싸우는 환자들에게 희망과 존엄을 안겨줄 수 있다. 편견 없이 바라보는 시선으로 함께 만들어가는 따뜻한 사회, 그것이 바로 우리가 지향해야 할 미래이지 않을까?

모든 치매가
같지는 않다

치매란 수십 가지 질환에 의하여 발생하는 하나의 증후군이다. 현재까지 밝혀진 치매 원인 질환만 해도 80가지가 넘는다. 흔히 치매라고 하면 떠올리는 알츠하이머병은 전체 치매 원인의 60~70퍼센트를 차지한다. 그다음으로 많이 발생하는 치매로는 루이소체치매와 혈관성치매, 그리고 파킨슨병치매가 있다. 치매의 종류가 다양하기 때문에 어르신들이 겪는 증상도 각기 다르다. 모든 치매가 알츠하이머병처럼 기억력 저하를 동반하는 것은 아니며, 시간이 지나고 말기 상태에 이르면 증상이 비슷해질 수 있지만, 초기에는 치매의 종류에 따라 증상이 뚜렷하게 다르다.

평생 동안 일수 일을 하셨다는 윤칠 어르신은 산수 문제 푸는 걸 좋아하셨다. 하지만 글쓰기나 만들기 같은 프로그램에는 전혀 관심을 보이지 않았다. 어르신은 먹는 데 집착이 심했다. 침상 가득 간식들이 쌓여 있고 과일은 물러서 썩는데도 절대로 주변 어르신들과 나눠 먹지 않았다. 그러면서도 매일 아들에게 전화해 간식을 사 오라고 독촉하셨다. 아들이 다녀가며 간식을 사다 주고 갔음에도 금세 잊어버리고 아들이 간식 사 오기로 했는데 오지도 않는다며 욕을 하곤 하셨다. 윤칠 어르신은 알츠하이머치매 환자였다.

김은 어르신은 늘 웃으며 묻는 말에 무조건 괜찮다고 답하셨던 분이었다. 하지만 혼자 계실 땐 울고 있는 모습을 자주 목격했다. 또 어르신은 다른 어르신들과 잘 어울리지 못하고 매번 로비에서도 냉장고 옆 구석진 곳에 앉아 있었다. 아무도 듣지 않는 곳이라 생각한 어르신은 그곳에서 입에도 담기 힘든 욕들을 서슴지 않고 내뱉으셨다. 대부분이 며느리한테 하는 욕들이었다. 매번 볼 때마다 처음 보는 것처럼 인사하던 어르신은 우울증이 심했다. 김은 어르신도 알츠하이머치매 환자였다.

새로 입원한 최유 어르신은 아직 60대였다. 당신이 요양병원에 입원했다는 것에 자존심 상해하며 다른 어르신들과 말도 하지 않으려 했다. 어르신은 간병사의 도움을 거부했고, 필요한 게 있을 때는 간호사만 찾았다. 화장실에 들어간 지 한참이 되었는데 어르신이 나오질 않는다며 담당 간병사가 내게 보고했다. 밖에서 아무리 불러도 대답이 없어 문을 열고 들어가자 손으로 입을 틀어막은 채 울고 계셨다. 그러면서 "저기 저 사람들 좀 나가라고 해줘요. 옷이라도 좀 입으라고 해줘요. 보고 있기 힘들어요"라고 하시며 세면대 쪽을 가리켰다. 최유 어르신은 루이소체치매Lewy body dementia 환자였다. 세면대에는 아무것도 없었으나 어르신의 눈에는 선명하게 남녀가 성관계하는 모습이 보이는 환시가 있었던 것이다.

루이소체치매의 특징 중 하나인 환시는 사람의 얼굴이나 모습이 보이는 등 매우 구조화된 환시다. 최유 어르신은 눈에 띄는 기억장애는 없었다. 단지 우리와 이야기하는 도중에 전혀 상관없는 말을 갑자기 한다거나, 본인 병실을 잘 찾지 못해 복도를 기웃거리는 모습을 보이곤 했다. 최유 어르신은 시간이 지나도 병원에 적응하지 못한 채 보호자에게 매일 집에 가고 싶다고 전화하며 우셨다. 결국 2주도 채우지 못하고 어르신은 집으로 돌아가셨다. 루이소체치매는 알츠하이머병처럼 퇴행성 질환이다. 루이소체라는 비정상적인 단백질 집합체가 뇌의 특정 영역에 축적되면서 발생한다. 이 질환은 알츠하이머병과 파킨슨병의 증상을 모두 포함한다. 초기에는 주의 집중과 시각적·공간적 인지가 영향을 받으며, 점차 기억력 손상이 진행된다. 또한 일반 알츠하이머병 환자와 달리 초기 기억력 손상보다 인지적 변동성이 두드러지는 것이 특징이다. 특히 환시 같은 증상이 오후에 뚜렷하게 나타난다, 간혹 이런 환시 증상을 정신과적인 병력으로 판단하여 항정신성 약물을 복용한 경우 약물로 인해 파킨슨 증상이 더 빨리 진행되기도 한다.

현용 어르신은 3년 전 뇌경색으로 인해 왼쪽 편마비를 가지고 있었다. 그럼에도 뭐든 스스로 하려는 의지가 강했기에 휠체어도 혼자 타고, 일상생활에는 전혀 불편함이 없던 분이었다. 하지만 어르신은 무엇인가에 집착하기 시작하면 막무가내였는데, 대변 문제가 그랬다. 매일 대변을 봐야 한다는 강박 증상으로 자신이 원하는 시간에 화장실을 가지 못하거나 대변이 나오질 않으면 우리를 달달 볶으셨다. 결국 어르신이 우겨서 좌약까지 넣고 대변을 봐야만 상황이 끝나곤 했다. 현용 어르신은 혈관성치매 환자였다. 혈관성치매는 뇌출혈이나 뇌경색, 즉 뇌졸중이 원인이 되어 발생하는 치매이다. 뇌혈관으로 인한 치매를 앓는 환자들은 고혈압, 고지혈증, 당뇨 등의 기저 질환을 가지고 있다. 이런 만성 질환으로 동맥경화가 생기고, 그로 인해 혈관들이 녹슬면서 괴사가 일어나 터지거나 막히는 등의 뇌졸중이 발생하는 것이다.

차옥 어르신은 60대 환자로 처음 입원했을 때는 우리 모두 왜 요양병원에 입원하셨는지 이해할 수 없었다. 초로기 치매 환자도 아니었고, 기억력이나 신체 기능에는 전혀 문제가 없어 보였기 때문이었다. 하지만 시간이 지나면서 알았다. 어르신은 간단한 계산 문제도 어려워했고, 심각한 상황에서도 웃는 등 감정 기능에 문제가 보였다. 우울해 보이다가도 갑자기 웃거나 무감동해지는 등의 감정 기복이 자주 관찰되었다. 또한 시간이나 장소를 자주 혼동했고, 판단력 저하가 있었다. 모야모야병이 있던 차옥 어르신 또한 혈관성

치매 환자였다.

알츠하이머치매는 초기에 주로 최근의 기억이 감퇴하고 점진적으로 진행하는 특징이 있다. 기억력 저하 외에 인지 기능의 저하 및 정신 행동 증상이 빈번해지며, 말기에 이르면 사지 경직, 보행 장애, 실금 등의 신체 증상이 출현하는 비교적 일정한 진행 패턴을 보인다.

혈관성치매는 뇌의 부위에 따라 치매의 증상이 다르게 나타난다. 혈관성치매는 성격이 갑작스레 변하거나 이해 능력이 떨어지고 언어 기능이 저하되는 등의 증상을 보이기도 하고, 발음 장애와 삼킴 장애가 빈번히 발생하기도 한다. 즉 계단식 증상을 보이는 것이 특징이다. 인지 기능 저하와 관련해서도 기억력 저하에 비해 언어 기능이나 판단력, 계산력 등 다른 인지 기능의 저하가 두드러지기도 한다.

이현 어르신은 2년 전 파킨슨병 진단을 받았으나 약을 먹지 않았다고 했다. 보호자 말에 의하면 파킨슨병 약이 치매를 유발한다고 하며 먹으면 안 된다고 고집을 부리셨다고 한다. 이미 입원 시부터 보행도 불안정하고, 손 떨림이 심한 상태였다. 또한 병실을 찾지 못하거나, 약을 먹은 걸 금세 잊기도 하고, 잦은 귀가 요구 및 배회 증상을 보이셨다. 특히 어르신은 망상도 심했는데, 주로 자녀들이 밑에서 부른다고 하거나, 자녀들이 다쳐서 죽어가고 있어서 집에 가야 한다며 귀가 요구를 자주 하셨다. 어르신은 파킨슨병치매였다.

신준 어르신은 처음 입원할 당시에는 보행이 느리고 불안정했다. 그러나 다른 사람이 도와주는 걸 싫어하셔서 혼자 화장실을 이용했다. 그러다 잦은 낙상을 했던 어르신은 어느새 팔다리가 뻣뻣해지더니 보행이 어려워지고, 몇 달 만에 와상 상태가 돼버렸다. 어르신의 경우는 일반 치매 어르신들과 비교해서 진행이 너무 빨라 특이한 케이스였는데 나중에 파킨슨병치매로 진단받았다.

같은 파킨슨병치매라고 하더라도 개인마다 증상의 정도도, 진행 속도도 다르다. 일반적으로 파킨슨병치매는 인지 기능 저하로 주로 기억력, 주의력, 실행 기능의 저하가 나타난다. 이러한 증상은 파킨슨병 진단 후 수년이 지나면서 나타나며, 환자는 우울증, 불안, 환각 등의 정신적 증상도 경험한다. 주된 원인은 뇌에서 도파민을 만드는 신경세포가 줄어드는 것과 비정상적인 단백질 덩어리가 쌓이는 것이다. 이러한 변화로 인해 뇌의 기능이 저하되고 인지 장애가 생긴다. 그래서 조기 진단과 적절한 치료가 매우 중요하다.

치매는 원인 질환의 종류에 따라 동반되는 증상이나 출현 시간, 경과가 각각 다르다. 그래서 각각의 환자마다 증상과 진행 속도도 다르게 나타난다. 어떤 어르신은 기억력 저하로 일상생활에 어려움을 겪고, 어떤 어르신은 망상이나 섬망을 경험할 수 있다. 이러한 차이를 이해하는 것은 매우 중요하다. 어르신들에게 적절한 지원과 치료를 제공하기 위해서는 반드시 전문의의 정확한 진단이 필요하다.

치매는 단순한 기억력 문제를 넘어서 각 어르신의 삶의 질에 깊은 영향을 미치는 복잡한 문제임을 항상 기억하자. 따라서 치매에 대한 인식을 높이고, 각 개인의 필요에 맞춘 맞춤형 돌봄이 이루어져야 한다. 이는 단순한 의료적 접근을 넘어서 환자의 인격과 삶의 이야기를 존중하는 일임을 잊지 말아야 한다.

치매가 아닌
무심한 보호자 때문에 상처받는다

　몇 년 전 KBS 시사기획 「창」이라는 프로그램에서 '감시받지 못한 약물'이라는 제목으로 다큐멘터리가 방영됐다. 코로나19가 전국적으로 확산되던 시기에 요양병원에서 보호자의 면회가 제한되자 이를 악용하여 항정신성 약물을 무분별하게 사용하여 환자들을 하루 종일 재우고 있다는 고발 형태의 방송이었다.

　이 방송 이후 우리 병동은 하루에도 수십 통의 전화에 시달리며 업무가 마비될 정도였다. 보호자들은 자신의 부모가 현재 복용 중인 약을 알려달라거나, 심지어 약물 사진을 요청하기도 했다. 보호자들이 그렇게 우려하는 것은 충분히 이해할 수 있었다. 자신들의 부모가 부당한 대우를 받지 않을까 하는 염려에서 비롯된 것이라는 점에도 공감했다. 하지만 모든 요양병원이 그런 것처럼 우리를 의심하듯이 추궁하기에 이르자 현장에 남아 있던 우리의 사기가 저하되기도 했다.

그즈음 입원한 지 2주 정도 되었던 어르신의 보호자 면담 및 면회가 있었다. 어르신은 입원할 때보다 식사도 잘하시고 어느 정도 병동 생활에 적응하셨지만 보행이 불안정해서 휠체어를 타고 면회를 갔다. 보호자인 아드님의 첫마디는 "도대체 우리 아버지한테 무슨 짓을 한 거예요?"였다. 그러면서 분명 걸어서 입원했는데 왜 이리 안 좋아졌냐? 약을 너무 많이 쓰는 거 아니냐며 담당의에게 따지듯이 항의했다.

나는 너무도 속상했다. 우리는 어르신이 바닥에 보는 대소변 치워가며, 식사 드릴 때마다 침을 뱉고 주먹을 휘두르실 때 맞아가며 돌봐드렸다. 결정적으로 어르신은 투약 거부가 심해서 약을 제대로 투약하지도 못한 상태였다. 또한 어르신은 자다가도 수시로 침대에서 일어나 사이드 위로 넘어와서 몇 번이나 낙상의 위험이 있었다. 담당의는 흉부 보호대 처방을 했음에도 내가 고집 부리며 못 하게 해서 매번 직원 한 명이 어르신에게 붙어 일대일 케어를 해드렸다. 이런 수고와 노력이 원망과 질책으로 돌아오게 되니 마음이 너무 허탈했다.

입원 당시 분명 보호자들은 어르신의 문제 행동이 너무 심해서 도저히 집에서는 모실 수 없다고 했다. 그런데 그러한 이유들은 다 잊어버린 채 당장 눈에 보이는 휠체어 하나에만 집중했다. 우리의 애씀으로 어르신이 좋아진 부분에 대한 그 어떠한 감사도 없고 모든 걸 너무 당연시했다. 보호자들은 때로 치매나 신체적 문제를 가진 환자들의 진정한 필요를 이해하기보다, 자신들의 두려움과 걱정에 더 초점을 맞춰 우리를 신뢰하려 하지 않고 무턱대고 의심부터 했다.

이 일이 있고 나서 병동 멤버들은 열심히 하려는 의욕들이 사라졌다며 다들 그만두고 싶다는 말을 했다. 결국 나는 보호자인 아드님에게 전화를 걸었다. 그때까지 난 단 한 번도 환자의 행동심리증상으로 인해 우리가 힘들거나 어려웠던 일들을 보호자에게 이야기한 적이 없었다. 하지만 이번만큼은 우리가 어르신을 위해서 어떤 수고로움까지 자처했는지 전하고 싶었다. 그렇게 나는 아드님께 어르신과의 하루하루 동안 있었던 일들을 전했다. 또 보호자에게 어르신이 간병사님 손을 잡고 걷고 있는 동영상과 사진도 함께 전송했다. 면회 전날 어르신은 밤새 침상 위로 넘어오시며 잠을 전혀 못 주무신 터라 기운이 없는 상태였다. 우리 딴에는 안전을 생각해서 휠체어를 태워드렸던 것뿐이고, 보통은 이렇게 잘 걸어 다니신다고 말이다. 아드님은 면담 시 나와 담당의에게 소리 지르며 화냈던 걸 사과하셨다. 그 후 아드님은 담당의에게도 전화해서 미안함을 전했다고 한다. 그날 담당의가 나에게 찾아와 대체 어떻게 해서 아드님 태도가 이렇게 완전히 달라졌냐며 나에게 고마운 맘을 전했다.

치매는 종류도 다양하고, 개인마다 나타나는 증상은 물론이고 진행 속도도 다르다. 평균적인 증상에 따라 초기, 중기, 말기로 구분되긴 하나 정말 어디까지나 통계적 구분일 뿐이다. 대부분 치매의 원인은 퇴행성 질환이며, 비가역적이다. 쉽게 말해서 절대 원래의 모습으로는 돌아갈 수 없으며, 시간이 지나면 점점 더 퇴화되어 기능이 나빠질 수밖에 없다. 물론 약물 치료를 포함한 다양한 인지 기능 프로그램, 인지 재활 치료 등을 통해 조금은 진행을 늦추는 데 도움을 줄 수 있다. 의료진의 목표도 최대한 어르신들의 치매 진행을 늦추고 지금 남아 있는 기능을 유지하도록 돕는 것이다. 하지만 진행 자체를 막을 순 없다. 또한 행동심리증상에 대해 약물 치료를 하면 그러한 행동들이 조절되는 것처럼 보여 좋아진 듯 느껴지기도 한다. 하지만 그러한 증상을 완전히 없앨 수 있는 것도 아니다. 그저 돌봄자가 그 증상에 익숙해져 체감온도가 낮아진 것뿐이다. 그럼에도 불구하고 대부분의 보호자분들은 병원에 맡겼으니 무조건 좋아질 거란 기대와 희망을 가지는 것 같다.

아직 어둠이 드리워진 주말 새벽녘에 출근하는데 유독 병원 전광판의 문구가 선명하게 눈에 들어왔다. "치매는 두려운 병이 아닙니다." 주차하다 말고 멈춰서 한참을 바라보았다. 치매는 두려운 병이 아닐지 모르지만 나는 치매 어르신을 둔 보호자들의 무지함과 무심함은 너무나 두려웠다.

어느 날 퇴근하려던 나는 보호자 한 분이 원무과 앞에서 병원장 나오라며 고래고래 소리를 지르고 있는 것을 목격했다. 자세히 보니 정연 어르신의 따님이었다. 요지는 본인 엄마는 치매 환자가 아닌데 치매 환자들 틈에 엄마가 함께 있다가 치매에 걸렸으니 물어내라는 것이었다.

정연 어르신은 2년 전 대퇴부 및 허리 골절로 대학병원에서 수술을 받고, 섬망도 심하고 인지 기능 저하가 있어 우리 병원에 입원했던 분이다. 입원 당시 간이 정신 상태 검사인 MMSE가 9점(치매 선별 간이 검사로 30점 만점에 22점 미만부터 치매 의심으로 진단한다)으로 시간, 장소에 대한 지남력이 많이 떨어졌고 묻는 말에 단답형으로 싫다, 좋다 정도의 대화만 가능한 상태였다. 어르신이 입원할 때는 골절 수술 후 상태여서 대부분 휠체어로 활동하셨으나 1년 전부터는 보행 보조기를 잡고 보행도 가능해졌다. 또한 어르신은 노래 교실이나 체조 같은 프로그램도 참여하면서 오히려 입원 시보다 컨디션이 많이 좋아진 상태다.

그런데 느닷없이 어르신 상태가 나빠졌다며 따지는 따님. 나로선 도무지 이해하기가 힘들었다. 더욱이 치매가 무슨 전염병도 아니고 치매 어르신들과 같은 병실에 있어 치매에 걸렸다는 말도 안 되는 따님의 주장은 그저 억지였다. 중요한 건 정연 어르신의 인지 기능이 2년 전이나 지금이나 달라진 것이 전혀 없었다는 것이다. 그런데 지금에서야 갑자기 자신의 엄마가 왜 치매에 걸렸냐며 따지니 우리 모두 할 말을 잃었다. 나는 차근차근 따님에게 입원 시 검사했던 치매 선별 검사 결과를 설명했다. 하지만 이미 따님의 귀는 닫힌 상태였다. 막무가내로 자신의 엄마는 치매가 아니었는데, 이 병원에 와서 치매가 되었으니 병원에서 무조건 책임지라는 말만 반복했다. 나중에서야 밝혀진 사실은 따님의 이런 행동은 모두 병원비 때문이었다. 원래는 아드님 두 분이 병원비를 내다가 올해부터는 돌아가면서 내기로 결정했다고 한다. 그리고 이번 달이 바로 따님이 병원비를 지불할 차례였다고.

정연 어르신은 결국 간병비가 저렴한 따님 집 근처의 요양병원으로 옮겨 가셨다. 전원하시던 날 어르신은 내내 "나 안 가~ 싫어, 어딜 가. 안 갈래"라며 거부하셨다. 어르신은 내가 아침 라운딩할 때면 아무 말 없이 내 손에 과일, 사탕 등을 쥐여주시곤 했다. 말씀은 잘 하시지 않지만 피검사한다고 내가 어르신 팔을 보고 있으면 다른 손으로 내 등을 두드려주시던 분. 언제나 날 보면 고개를 끄덕끄덕하시며 웃어주시던 분. 퇴근할 때 내가 인사하면 손을 들어 항상 인사해주시던 분이었다.

어르신이 전원하시고 5개월쯤 지난 어느 날이었다. 원무과에서 누군가가 날 찾는다는 연락이 왔다. 정연 어르신의 작은아드님이 날 찾아오셨다. 이분은 어머님이 지난주에 돌아가셨다는 소식을 전하셨다. 그러곤 어머님이 이곳에 있는 2년 동안 잘 돌봐주어서 감사했다는 말을 꼭 하고 싶었다고 하시며 내 앞에 감 한 박스를 내려놓으셨다. 감은 생전에 정연 어르신이 제일 좋아하셨던 과일이다.

나도 가해자가
될 수 있다

　얼마 전 간호사가 치매 환자의 보호대를 제거한 후 낙상 사고가 발생하여 환자가 사지마비에 이르게 됐다는 사건을 뉴스에서 접했다. 사건의 전말은 이랬다. 알코올성치매와 섬망 증상을 앓고 있는 70대 노인이 정신병원 1인실에 입원했다. 이 환자에게는 흉부 보호대와 양 손목·발목 보호대가 적용되어 있었다. 새벽 2시경 라운딩 중이던 간호사는 환자가 잠들어 있는 것을 확인하고 보호대가 더 이상 필요하지 않다고 판단해서 보호대를 제거했다. 그러나 4시간 후 환자가 깨어나 침상에서 일어나 벽을 더듬거리던 중 뒤로 넘어지면서 머리가 침대에 부딪혀 사고가 발생한 것이었다.

　또 다른 사건. 몇 년 전 한 요양병원에 불이 나서 많은 어르신들이 사망한 사건이 있었다. 직원들 및 구조 대원들이 어르신들을 대피시키고·구조하려고 했으나 침상에 묶여 있던 어르신들의 보호대를 푸느라 대피가 지연되어 안타깝게 많은 어르신이 질식사로 목숨을 잃은 사고였다. 이 사고는 이른 새벽에 발생했다. 즉 어르신들이 수면 중이었음에도 손목 보호대 및 흉부 보호대 등이 적용돼 있었다. 한 사건은 보호대를 제거했기 때문에, 또 한 사건은 보호대가 적용되어 있어 비극이 발생했다.

  의료법 시행규칙 중 의료 기관의 신체 보호대 사용 기준(제39조의 6)에 따르면 신체 보호대의 사용 사유가 없어진 경우 반드시 보호대를 제거해야만 한다. 또한 보호대를 적용한 사유가 명확하더라도 최소한 2시간마다 반드시 보호대를 풀어 환자의 혈액순환 및 피부 상태 등을 확인해야만 한다. 하지만 이러한 규정을 무시하고 환자의 안전을 간과한다면, 그로 인해 발생하는 사고는 결코 우연이 아니다.

  나는 어르신들에게 사용되는 보호대를 유난히 싫어했다. 특히 콧줄L-tube 때문에 적용하는 손 장갑, 손목 보호대가 정말로 필요한 것인가에 대해 근무시간마다 고민을 했다. 대학병원에서 치료나 검사를 위해 하는 것과는 달리 요양병원에서 콧줄을 하는 가장 큰 이유는 대부분 식사 연명을 위해서다. 즉 어르신들이 음식을 입으로 먹는 것이 어렵거나 불가능한 상황에서 대체적으로 이루어지는 영양 공급 방법이 콧줄이다. 보통 콧줄로 어르신들께 제공되는 경관식은 하루 3~4회이다. 만약 어르신이 자가 제거를 한다고 치면 하루 세 번의 재삽입이 필요한 셈이다. 하지만 현장에서 보면 치매 어르신이라고 무조건 콧줄을 매번 제거하진 않았다. 처음 적응할 동안은 자주 빼시긴 했지만 그래도 시간이 지나면 분명 횟수는 줄어들었다. 하지만 현장에서는 단 한 번이라도 자가 제거를 반복 시도했다면, 다시 그럴지도 모를 그 확률 때문에 어르신은 하루 종일 손장갑이나 손목 보호대를 착용해야만 했다. 이로 인해 발생하는 어르신들의 불편함과 고통이 과연 정당화될 수 있는 것일까?

나는 담당의의 오더가 있어도 어르신들에게 손목 보호대나 손장갑을 좀처럼 사용하지 않았다. 그러다 어르신이 콧줄을 빼버리면 다시 하면 그만이라고 생각했다. 하지만 내가 응급실에서 직접 콧줄을 경험하고 나서부터는 다시 고민이 깊어졌다. 내 코에 콧줄을 삽입하는 그 시간이 영원한 시간처럼 느껴지며 너무 고통스러웠다. 삽입 시에 몸을 움직일 때마다 내 콧속이 다 해지는 것 같았고 장기들이 뒤틀리는 느낌마저 들었다. 그 후 나는 어르신들에게 콧줄을 삽입할 때 그때의 불편감이 고스란히 느껴져서 어쩌면 보호대를 하는 편이 어르신들의 고통을 줄일지도 모른다며 스스로를 설득하기도 했다.

과연 어떤 선택이 옳은 걸까? 안전과 편안함 두 가지를 모두 고려한 방법이 있긴 할까? 보호대는 어르신의 안전과 생명을 지키기 위한 필수적인 도구이기도 하지만, 동시에 그분들의 삶의 질을 저하시킬 수도 있다. 우리는 어르신의 입장에서 생각해야 하며, 그분들의 불편함을 최소화하기 위한 방법을 모색해야만 한다.

이런 고민은 콧줄에만 국한되지 않는다. 어르신들의 폭력성이나 낙상을 예방하기 위해 사용되는 흉부 보호대, 그리고 소변줄, 수액이나 기저귀 문제, 욕창 등으로 환자가 협조할 수 없는 경우에 행해지는 손목 보호대나 손 장갑 적용 등 모든 보호대에 대한 고민들이 근무하는 내내 계속되었다.

요양병원에 입원하는 어르신들이 검사나 치료를 위해 대학병원으로 전원하셨다가 치료 후에 다시 돌아오는 경우가 많았다. 대부분의 어르신들이 그곳에 입원해 있는 동안 여러 보호대를 경험하고 오셨다. 이곳 요양병원에 있을 때는 전혀 필요 없었던 분들조차 말이다. 목적은 단 하나, 생명 유지 장치 제거의 위험 때문이었다. 그곳 의료진은 치매라는 진단명이 붙어 있는 경우 설명도 이해도 어렵다고 판단했을 것이다. 또 어르신들이 낯선 환경 때문에 이곳에서는 없었던 섬망 증세를 보였으리라 추측할 수도 있다. 보호자분들도 대학병원의 경우 치료를 위해서 꼭 필요하니 보호대 사용을 당연하게 받아들이는 모습이었다. 하지만 우리가 보호대가 필요하다고 설명하면 일단 의심의 눈초리를 보내며 따지는 보호자분들이 많았다. 이처럼 상반된 반응만 봐도 보호대의 필요성과 그 사용에 대한 인식의 차이는 어르신과 보호자, 그리고 의료진 간의 갈등을 불러일으킬 수 있다.

보호대 사용의 목적을 이해하고 그로 인해 발생하는 불편함을 최소화하는 것이 현재 우리에게 주어진 과제임을 분명히 깨달아야 한다. 결국 보호대의 필요성에 대한 이해를 높이고, 그 사용의 목적을 명확히 하는 것이 중요하다. 어르신들의 안전과 편안함을 동시에 고려하며, 그분들을 이해하고 존중하는 자세가 필요하다. 이는 단순한 규정을 넘어서는 진정한 돌봄의 시작이 될 것이다.

보호대는 반드시 의사의 오더가 있어야 사용할 수 있고, 본인 혹은 보호자가 동의해야 한다. 그럼에도 현장에서 이 원칙을 제대로 지키고 있는 곳이 얼마나 있는지 묻고 싶다. 선적용 후동의를 받고 있는 건 아닌지, 또 현장의 편의에 의해 사용되고 있지는 않은지 살펴보아야 한다. 실제로 법률 문서의 내용처럼 2시간마다 어르신의 보호대를 제거하고 상태를 확인하고 있는지 말이다.

나는 기저귀 간호사로 여러 요양시설을 다니면서 어르신들에게 많은 종류의 보호대가 적용된 것을 목격했다. 장기요양시설의 요양원은 의료 기관이 아니다. 그래서 신체 보호대에 대한 의료법이 적용되지 않는다. 즉 의사의 지시 없이 사용해도 법적 제재를 받지 않는다. 물론 어르신 입소 시에 보호자의 동의서를 받긴 한다.

가까운 지인이 얼마 전에 다른 지역 요양병원에 취직해서 일한 적이 있다. 나를 통해 요양병원이 어떤 곳이라는 걸 알고 갔던 지인은 한 달을 견디지 못하고 그만뒀다. 그 이유 중 하나는 보호대 때문이었다. 어르신들 대부분에게 흉부 보호대, 손목 보호대가 적용되어 있었다고 한다. 심지어 발목 보호대까지 적용된 어르신들도 있었다고 했다. 내가 매번 말했던 분주하고 정신없는 치매병동과는 달리 낮이고 밤이고 어르신들은 식사 시간을 제외하고는 침상에서 거의 잠만 자는 것 같다고 했다. 무엇보다 그곳에 근무하는 간호사들 그 누구도 어르신들의 보호대에는 관심이 없어 보이고 풀어줄 생각도, 확인도 하지 않아 당황스러웠다는 말을 전했다.

이처럼 아직도 많은 곳에서 신체 보호대 사용에 대해 허술한 점이 많다. 그렇기에 어르신들의 인권 보호를 위해서라도 보호대에 대한 사용 지침을 명확히 정의하고, 좀 더 강력한 법제화를 시행할 필요가 있다.

보호대는 어르신의 안전을 위한 장치이지만, 그 사용이 잘못되거나 과도할 경우 오히려 삶의 질을 해칠 수 있다. 반면 보호대를 제거하는 순간에는 예상치 못한 사고의 위험에 노출되기도 한다. 이렇듯 현장에서 우리는 보호대 사용 여부에 따라 그 어떤 선택을 해도 가해자가 될 수 있는 위험 부담을 안고 있다. 중요한 것은, 우리의 선택이 어르신에게 어떤 영향을 미칠지를 깊이 고민해야 한다는 것이다. 어떤 결정이든 어르신의 인권이, 안전이 우선시되어야 함을 잊지 말자.

나는 간호사다. "나는 인간의 생명에 해로운 일은 어떤 상황에서도 하지 않겠다." 나이팅게일 선서를 했던 그때의 다짐을 마음에 새기며, 진정한 돌봄이 무엇인지를 끊임없이 고민하고 실천해야 한다. 나를 비롯한 간호사들이 케어해야 할 대상은 질병이 아니라 사람이다. 돌봄의 가치는 사람이 먼저다. 그보다 앞선 것은 그 어디에도 어떤 것도 없음을 잊지 말자.

때론 대리자가 아닌
관찰자로 머물러야 한다

　나는 '치매 어르신에게 과한 친절은 독이다'라고 생각한다. 보호자들은 종종 '효도'라는 명목 아래 어르신이 스스로 할 수 있는 일들까지도 대신 해주려 한다. 예를 들면 충분히 혼자서 수저질할 수 있는 어르신에게 음식을 먹여준다거나, 혼자 옷을 벗고 입을 수 있는 분들의 옷을 갈아입혀드리는 등의 경우다.

　치매 어르신 케어에서 가장 중요한 건 현재 어르신이 스스로 발휘할 수 있는 신체 기능, 즉 일상생활 수행 능력을 최대한 오랫동안 유지할 수 있게 해드리는 것이다. 스스로 수저질해서 식사하고, 세수하고 양치질할 수 있게, 옷도 스스로 벗고 입을 수 있게 해드려야 한다. 또한 마지막까지 혼자 걸을 수 있도록 도와드려야 한다. 코로나19 이전에는 주말마다 많은 보호자들이 면회를 와서 병실이 북적이곤 했다. 점심 식사 시간에 대부분의 보호자들은 어르신 식사를 직접 떠먹여주었다.

"보호자분, 어르신도 혼자 충분히 수저질하실 수 있어요. 반찬만 골고루 드실 수 있게 도와주세요."

"아니~ 이렇게 수저질이 서툰데 이때까지 그럼 우리 엄마 식사를 안 도와줬던 거예요? 어쩐지 우리 엄마 요새 얼굴이 말랐다 했더니 식사를 못 한 거였네."

"그건 내가 알아서 할 테니까, 아~ 아가씨는 다른 환자나 보세요."

"별의별 참견을 다 하네. 가족들이 어련히 알아서 할 건데."

"오래간만에 와서 이거라도 해드려야 맘이 편해서…."

이런 식이었다.

병원 내에서도 상황은 마찬가지였다. 물리치료받으러 갈 시간이 늦었다고 간병사가 어르신 수저를 빼앗아 떠먹이거나, 목욕 전후에 어르신이 옷을 천천히 갈아입는다고 대신 벗기고 입혀주는 모습을 자주 목격했다. 그러한 상황을 볼 때마다 나는 그런 행동이 어르신들의 자립성을 저해할 수 있다고 잔소리를 하곤 했다. 어르신이 스스로 능력을 활용할 기회를 박탈하는 것이며, 이는 자신감을 잃게 만들 수도 있다고 말이다. 어르신이 할 수 있는 일들까지 다 해주려 하다 보면 이분들의 신체 기능은 빠른 속도로 저하될 수밖에 없다.

우리가 친절이라고 믿고 하는 행동들이 결국 어르신의 자존감과 자율성을 해치고, 그로 인해 일상적인 생활을 더욱 힘들게 만들 수 있다는 점을 간과해서는 안 된다. 우리는 돌봄의 본질을 잊어서는 안 된다. 돌봄은 상대방의 삶을 풍요롭게 하고, 스스로 할 수 있는 능력을 존중하는 것이다. 치매 어르신들이 스스로 할 수 있는 것에 집중하고, 그 과정에서 성취감을 느낄 수 있도록 돕는 것이 우리의 역할이다. 그런 작은 행동이 쌓여 어르신들의 삶의 질을 높일 수 있다.

우리는 종종 치매 어르신을 돌보는 상황에서 그분들의 인지 기능이 저하되었다는 것만 생각해서 어르신들의 자율성과 자존감을 지키려는 노력을 하지 않는다. 보호자와 간병인 모두에게 필요한 것은 어르신을 이해하고 존중하는 태도이다. 이는 단순한 돌봄의 차원을 넘어 그분들의 삶의 질을 향상시키고 스스로의 능력을 발견하게 하는 과정으로 이어진다. 우리는 어르신들이 자신의 속도에 맞춰 활동할 수 있도록 인내심을 가지고 지켜보아야 하며, 그분들이 스스로 할 수 있는 일들은 격려하고 지원해야 한다.

간혹 어르신들이 수저가 무거워서 식사하는 걸 어려워하시는 경우가 있다. 그때는 가벼운 플라스틱이나 나무로 된 수저 세트로 바꾸어 혼자 드시도록 해드리면 된다. 젓가락 사용을 어려워하면 포크를 드리면 된다. 그런데 어르신이 식사 시 힘들어하는 원인을 제대로 파악도 하지 않고 무조건 수저질이 안 된다며 전적으로 먹여드리는 경우가 현장에선 비일비재하게 일어나 안타깝다. 또 치매 어르신들은 식사 시에 눈앞에 놓인 한 가지만 드시려고 하는 경우가 많다. 그럴 경우는 옆에서 반찬 그릇의 위치를 바꾸어준다거나, 어르신이 잘 드시지 않는 반찬을 좋아하는 반찬과 함께 놓아주는 방식으로 도와드릴 수 있다. 이 과정에서 어르신들도 다양한 음식의 맛을 느끼며 식사에 관심을 갖게 될 것이다. 간혹 어르신들 죽에 모든 반찬을 섞어드리는 경우도 보게 된다. 어떠한 이유에서든 이런 식의 식사는 어르신의 자율성을 무시하는 행동이다. 식사 시간도 존중받고 음식을 맛보며 즐길 수 있는 행복한 시간이 되어야 함을 잊지 말았으면 한다.

병원에서는 환자복을 입으니 선택권을 가질 수 없지만, 요양원이나 가정에서는 어르신들이 스스로 본인이 입고 싶은 옷을 고르시도록 하는 것이 좋다. 나의 시어머님이 어느 날 한여름에 두꺼운 겨울 모직 옷을 입고 외출하셨다. 나는 걱정이 되어 "어머님, 덥지 않으시겠어요? 오늘 밖이 많이 더워요"라고 말했는데, 어머님은 짜증을 내시며 "내가 니하고 같은 줄 아나? 나는 춥다"라 하시며 그대로 외출을 하셨다. 그날 어머님은 온몸에 땀띠가 생겨 일주일 넘게 고생을 하셨다. 치매 어르신들은 판단력이 흐려질 수 있다. 그렇다고 옷을 지정해서 꺼내놓거나 하는 것은 어르신들의 자존심을 상하게 할 수 있다. 이럴 때 미리 여름엔 여름옷들만 옷장에 넣어두고 겨울엔 겨울옷들만 넣어 정리를 해두면, 스스로 선택권은 생기고 실수도 하지 않게 된다. 또 어르신이 편마비가 있는 경우에도 무조건 도와드리는 것이 아니라, 마비된 팔을 넣고 뺄 때 정도만 옆에서 도와드리면 충분히 혼자 옷을 갈아입으실 수 있다.

치매 어르신들은 시공간 능력이 저하되어 살던 집에서도 화장실 위치를 잊어버리기도 한다. 그래서 실수를 하시는 경우가 종종 있다. 이럴 때는 어르신이 화장실을 잘 찾을 수 있도록 문 앞에 크게 표시를 해두거나, 밤에는 화장실 불을 켜놓는 것도 좋은 방법이다. 실수가 잦아 기저귀를 하시는 경우도 시간 맞춰서 화장실을 가실 수 있도록 알람 등을 설정해놓는 것도 하나의 방법이다. 병원에서도 대소변 실수에 무조건 기저귀를 권하기보다는 최대한 마지막까지 화장실을 이용해서 볼일을 볼 수 있도록 해드리는 것이 어르신들을 위한 선택임을 잊지 말자.

낙상이 우려된다면 밤에는 어르신이 침상 옆의 이동식 변기를 사용하실 수 있도록 하면 된다. 안전에만 집중해서 무작정 기저귀를 사용하면 어르신의 대소변 조절 능력은 퇴화할 수밖에 없다. 특히 어르신이 보행이 가능하다면 마지막까지 걸을 수 있도록 도와드려야 한다. 조금 걷다 지치고 힘들어한다고 계속 휠체어를 이용하면 결국 다리 근육은 더 줄어들고, 보행은 점점 더 어려워질 수밖에 없다. 보행 보조기나 지팡이 등을 이용해서 걸을 수 있도록 돕고, 보행이 불안정한 경우는 안전바를 잡고 서 있거나, 제자리걸음 연습을 충분히 하시도록 하자. 보행이 되어야 신체 기능이 오랫동안 유지될 수 있음을 잊지 말자.

어르신이 진료나 검사 등을 받을 때 대부분 본인이 아닌 보호자에게 동의를 구하고 설명을 하게 된다. 특히 중요한 결정을 할 때는 의료진이, 보호자가, 간병사가 대신 결정해버리는 경우를 종종 경험한다. 어르신에겐 설명하지도 않고, 생각조차 묻지 않는다. 분명 어르신을 위한 결정인데도 당사자의 의견을 무시하고, 결정권 자체를 주지 않는 것이다. 이분들에게도 자신의 질병에 대해 알 권리가 있고, 선택할 권리가 있다. 치매 어르신에게도 자존심이 있고, 자존감이 있음을 잊지 말자.

치매 어르신에게 가장 필요한 돌봄은 남아 있는 기능을 최대한 유지하게 하는 것임을 꼭 기억해야 한다. 자신이 할 수 있는 일이 없다고 생각되면 어르신의 상태는 더 나빠질 수밖에 없다. 하지만 아주 작은 일부터 성취감을 느끼고 스스로 할 수 있는 것이 남아 있다 느끼기 시작하면 자신감이 생기고, 그 자신감이 어르신의 신체 기능을 유지하도록 돕는다. 그러니 더 이상 어르신들의 모든 걸 다 해주려는 생각을 내려놓자. 느려도, 실수해도, 틀려도 괜찮다. 치매 어르신들의 생활은 시험이 아니다. 그러니 어르신의 속도대로, 어르신의 방법대로 해나갈 수 있도록 응원해드렸으면 좋겠다.

돌봄이 행복해야
어르신도 행복하다

　뉴스에서 간병사나 요양보호사가 환자를 폭행하는 사건들이 심심치 않게 보도되고 있다. CCTV에 담긴 자극적인 영상과 함께 환자의 인권이 위협받고 있다는 목소리가 커지지만, 이러한 문제에 대한 논의는 대부분 개인의 잘못으로 마무리되는 경우가 많다. 사람들의 반응도 대개는 잘못을 저지른 간병사나 요양보호사만 비난하는 목소리가 주를 이룬다. 그 사건이 발생하는 구조적인 원인이나 사회제도에 대한 인식은 상대적으로 적다. 왜 이런 일들이 반복적으로 발생하는지에 대해선 관심이 없어 보인다.

　치매 어르신들에게 행복한 돌봄을 제공하기 위해서는 개인의 도덕적 결핍만이 아니라, 돌봄 환경과 사회적 지원 체계를 전반적으로 개선해야 한다. 현재 간병사와 요양보호사들은 신체적·정신적 부담 속에서 부족한 지원과 보상으로 인해 스트레스와 감정적 소진을 겪고 있다. 이들의 업무 환경을 개선하고, 사회적 인식과 제도를 강화하여 직무 만족도를 높일 필요가 있다. 사회가 돌봄의 가치를 인정하고 공정한 보상을 제공함으로써 간병사와 요양보호사들이 자부심을 가지고 일할 수 있는 환경을 만들어야 한다. 결국 치매 어르신들에게 행복한 돌봄을 제공하려면, 돌봄 제공자들이 안정된 환경에서 일할 수 있도록 사회 전체가 함께 노력해야 한다.

돌봄의 질은 간병사와 요양보호사에게만 국한되지 않는다. 현장에 있는 간호사와 조무사 역시 중요한 역할을 맡고 있으며, 이들의 관심과 노력이 어르신들에게 미치는 영향은 지대하다. 간호사와 조무사는 단순히 치료에 관한 업무 절차를 수행하는 데 그치지 않고, 어르신들의 전반적인 안녕에 대한 책임을 공유해야 한다. 특히 간호사는 환자의 건강 상태를 모니터링하고, 치료를 계획하는 데 핵심적인 역할을 한다. 그뿐 아니라 간호사는 간병사의 업무에 관심을 가져야 한다. 이것 또한 간호사의 중요한 역할이다. 간병사가 어르신을 어떻게 대하는지, 그분들의 정서적 필요를 어떻게 채우는지를 관찰하고, 필요한 경우 교육을 해주는 것은 간호사의 중요한 의무이다.

하지만 안타깝게도 현장의 간호사, 조무사는 자신들의 일을 하느라 눈에 보이는 잘못된 간병사의 행동을 묵인하는 경우도 많다. 나는 아침 라운딩할 때 어르신들의 보호대 상태부터 확인했다. 담당의 오더나 보호자 동의도 없이 간병사들의 편의에 따라 가끔씩 보호대가 적용되어 있을 때가 있었다. 밤에만 몰래 하고 아침에 제거하면, 그저 들키지 않으면 괜찮은 것이라고 생각한 것이다. 하지만 어떻게든 그 상황은 들통나게 되어 있다. 그러면 나는 간병사가 아닌 밤에 근무했던 간호사에게 사건 경위서를 받았다. 분명 라운딩을 했다면 어르신에게 보호대가 적용되어 있는 걸 봤을 테고, 그랬다면 바로 제거했어야 했으나 그냥 넘긴 것이기 때문이다. 간호사는 의료인이다. 그렇기에 자신의 근무시간에 맡은 환자에 대한 책임은 자신에게 있다는 걸 잊지 말아야 한다.

간호사와 조무사가 간병사 돌봄에 관심을 기울이는 것은 단순한 업무의 연장선이 아니라, 모두가 함께 어르신의 행복을 위해 노력하는 과정이다. 이런 돌봄의 연대는 그 자체로 어르신이 존중받는 삶을 살아가게 하는 힘을 지닌다. 어르신의 행복은 모두의 행복이며, 이를 위해서는 각자의 역할을 충실히 수행하고 서로의 돌봄에 관심을 두고 배려하는 것이 중요함을 기억하자.

가끔 로비에 나온 어르신을 보다 보면 그 방 담당 간병사가 누구인지 한눈에 알아볼 수 있다. 어르신의 짧은 머리가 잔머리 한 올 없이 단정하게 빗질되어 있고 얼굴은 촉촉하고 환의는 구김살 하나 없이 깨끗하다. 어르신은 로션 냄새를 풍기며 휠체어에 앉아 있다. 그에 반해 옆의 어르신은 쪼글쪼글한 환의에 근처만 가도 소변 냄새가 나고, 얼굴은 푸석푸석하고 하얀 버짐들이 피어 있다.

식사 시간, 병동 내 식당 카트가 올라오면 어떤 병실은 이미 간병사가 기저귀 케어를 끝내고 어르신들은 다들 식판을 펴고 앉아 기다리고 있는가 하면, 어떤 병실은 그때까지도 어르신들 식사 준비는커녕 기저귀 케어 중이거나, 나머지 어르신들은 침상에 누워 있는 경우도 있다.

이처럼 같은 병원, 같은 공간의 병동에서도 차이가 나는 이유는 간병사들마다 어르신 돌봄의 손길이, 스킬이 다르기 때문이다.

간병사의 마음과 태도가 어르신의 상태에 고스란히 반영된 것이다. 간병사가 지닌 세심함과 따뜻함은 어르신들에게 어떻게 다가가는가에 큰 영향을 미친다. 짧게 정돈된 머리와 깨끗한 얼굴, 그리고 로션의 은은한 향은 그 간병사가 어르신을 얼마나 사랑하고 존중하는지를 나타낸다. 이런 세심한 배려는 단순한 외모의 문제가 아니라 전반적인 돌봄의 질과도 직결된다. 반면 다른 간병사는 그런 배려가 전혀 없는 경우다. 쪼글쪼글한 환의와 불쾌한 냄새는 그 어르신이 얼마나 방치되고 있는지를 여실히 보여준다. 이는 간병사가 어르신이란 소중한 존재를 인식하지 못하고, 그들의 필요에 무관심해졌다는 신호일 수 있다. 식사 준비가 제시간에 이루어지지 않고 어르신들이 누워 있어야 하는 현실은, 간병사의 돌봄의 손길이 부족하다는 것을 반증한다.

사실 간병사의 태도와 성향은 교육을 통해서도 바뀌지 않는 경우가 많았다. 같은 교육을 받았더라도 어떤 이는 진정으로 어르신을 사랑하는 마음을 가지고 일하는 반면, 다른 이는 단순히 일을 수행하는 데 그치는 경우가 있었다. 이러한 차이는 어르신들의 행복에 직접적인 영향을 미쳤다. 돌봄의 질이 높아지면 어르신의 정신적·신체적 건강이 동시에 개선될 수 있다. 돌봄은 대상자의 마음을 느끼고, 그들의 존재를 인정하는 일이다. 이 과정에서 돌보는 사람의 감정도 무시할 수 없다. 돌보는 사람의 행복이 없다면, 그 순간의 따뜻함도 사라지기 때문이다.

내가 아침 미팅 시간에 간병사님들에게 늘 하는 말이 있었다. 자기 맘대로 케어하지 말고 어르신들이 원하는 것이 무엇인지 먼저 파악하고 케어하기. 서두르지 말고 어르신들 속도에 맞추기. 무엇보다 자신이 아프면 그 짜증이 어르신들께 갈 수 있으니 본인들 건강부터 잘 챙기라고 말이다. 간병사가 직업적인 만족과 개인적인 행복을 느끼지 못한다면 제공하는 돌봄 또한 부족할 수밖에 없다. 오히려 간병사들이 자신의 직업에 긍정적인 감정을 느끼고 그 속에서 의미를 찾을 때, 자신의 행복이 어르신에게도 전해질 수 있다. 간병사가 행복하고 만족할 때 자연스럽게 어르신들에게 더 많은 사랑과 관심을 쏟을 수 있다. 이를 통해 어르신들도 소중한 존재로서의 가치를 느끼고, 하루하루의 삶에서 작은 행복을 찾을 수 있게 된다. 돌봄이 행복할 때 그 안에서 피어나는 모든 것이 어르신들의 행복으로 이어지는 것이다. 결국 진정한 돌봄은 어르신과 간병사 간의 신뢰와 존중에서 시작된다.

아직도 대부분의 사람들이 간병사와 요양보호사의 차이를 잘 모른다. 요양병원에서 근무하는 간병사는 민간 자격증 소지자다. 정해진 틀이 없고, 온라인 수업으로도 자격을 취득할 수 있다. 하지만 장기요양(요양원, 주간보호센터, 방문요양 등)에서 근무하고 있는 요양보호사는 이론 240시간, 실기 80시간 총 320시간으로 국가에서 지정한 정규 교육을 수료해야 자격 시험이 주어진다. 그 후 시험을 통과하고 자격증을 취득해야 한다. 또 하나의 큰 차이점은 간병사는 외국인도 할 수 있고, 요양보호사는 내국인만 가능하다는 것이었다. 하지만 얼마 전 정부가 간병 인력 부족 및 간병 인력의 고령화로 인해 합법적 비자를 소지한 외국인에게도 요양보호사 교육을 받을 기회를 제공하겠다고 발표했다.

내가 근무한 병원에서는 요양보호사 자격증을 소지한 간병사들이 대부분 근무했고 모두가 내국인이었다. 많은 보호자들이 우리 병원을 선택했던 이유 중 하나는 내국인 간병사로 구성되어 있었기 때문이었다. 다른 요양병원에 근무하고 있는 간호사들의 이야기를 들어보면 외국인 간병사들이 말이 통하지 않아 케어에서 많은 부분을 포기한다고 했다. 간병사들 교육을 하려고 해도 의사소통이 제대로 안 되고, 또 어떤 외국인 간병사들은 말을 알아듣는데도 자신들의 방법을 고집한다고 했다.

현재 대부분의 요양병원 간병사는 중국 교포이거나 외국인 노동자로 구성되어 있는 경우가 많다. 이들이 아무리 뛰어난 돌봄 서비스를 제공한다 하더라도, 언어 소통이 어려운 외국인의 돌봄이 얼마나 효과적으로 이루어지는지는 의문이다. 특히 치매를 앓고 있는 어르신의 경우 언어가 통하더라도 돌봄이 어려운데, 문화와 정서가 상이한 외국인과 제대로 공감할 수 있을까? 불편을 말로 잘 표현하지 못하시는 치매 어르신들의 필요를 외국인 돌봄자가 얼마나 알아낼 수 있을까 하는 의문이 든다. 그렇다 보니 요양보호사조차 외국인 채용을 검토하고 있는 이 시점에서 나는 벌써부터 돌봄의 질이 우려된다. 현재 요양보호사 자격을 가진 사람들 중 현장에서 일하고 있는 사람은 절반도 되지 않는다고 한다. 나머지가 왜 현장에서 일하고 있지 않는지부터 고민하고 그 해결 방안을 모색하는 게 효율적이지 않을까? 왜 당국은 매번 인력이 부족하면 숫자만 늘리려고 하는지 답답하다.

혼자가 아닌
함께여야 한다

치매 어르신을 돌본다는 건 단거리 뛰기가 아닌 마라톤 경기와 같다. 끝이 있긴 하지만, 지금 당장은 그 끝이 언제인지 보이지 않는 힘겹고 외로운 달리기를 시작한 셈이다. 그렇기에 절대 치매 어르신 케어를 혼자서는 감당할 수가 없다. 나 혼자 잘할 수 있다 자신해서도 안 되고, 그럴 수도 없다.

내 주변에서도 독박 돌봄을 하고 계시는 많은 분들을 만났다. 대부분의 보호자분들은 처음에는 당연히 부모님이니 사랑으로 끌어안고 모든 것을 수용하며 돌보기 시작한다. 하지만 시간이 가면 갈수록 사랑은 어느 순간 의무감으로 변한다. 그 의무감이 부담감으로 변할 때쯤엔 이미 돌보는 보호자가 너무나 지쳐버린 상태다. 그래서 결국은 어르신들과 돌보던 자녀분들의 관계까지도 악화되어 버리는 경우가 허다하다. 이 긴 여정을 겪는 보호자들은 지치고 힘든 게 어쩌면 너무나 당연하다. 아무리 사랑과 인내로 이해하고 노력한다고 해도 심리적, 정서적으로 큰 부담이 될 수밖에 없다.

그래서 치매 어르신을 돌보는 데는 돌보는 사람에 대한 감정적 지원이 중요하다. 어르신의 행동과 감정의 변화에 적응해야 하고 돌봐야 하는 보호자들 또한 감정적으로 고립될 수 있다. 자조 모임이나 지원 그룹은 이러한 어려움을 덜어주는 중요한 역할을 한다. 치매안심센터 중심으로 현재 다양한 자조 모임들이 운영되고 있음에도 아직도 치매 어르신을 모시는 보호자분들이 이런 정보를 모르는 경우가 많다. 그래서 오히려 온라인에서의 활동들을 더 자주 접하게 되는 것 같다. 최근에 나도 치매 어르신을 둔 보호자들이 만든 카페에 가입한 적이 있는데, 서로 이야기를 나누고 공감하며 활발하게 운영되고 있었다. 하지만 우려되는 부분은 전문가의 의견이 아닌 '카더라' 정보에 서로 의존하고 있다는 것이었다. 그렇기에 보호자와 의료진이 함께 소통할 수 있는 장이 마련됐으면 하는 아쉬움이 든다. 치매 돌봄의 질을 위해서도 소통의 장은 반드시 필요하다.

치매병동에서 근무하는 직원인 간호사, 조무사, 간병사도 마찬가지로 치매 환자와의 소통과 돌봄에서 어려움을 겪는다. 이들은 치매 어르신들의 상태를 관리하고, 개별화된 접근이 필요하기 때문에 상당한 스트레스를 받는다. 특히 어르신들의 돌발 행동과 감정기복에 적응해야 하기 때문에 늘 긴장한 상태로 근무한다. 그래서 돌봄을 하고 있는 보호자에게도, 시설이나 병원의 직원들에게도 규

칙적으로 교육받고 감정을 털어놓을 수 있는 모임의 장이 절실하게 필요함을 느꼈다. 하지만 현재 현장에서는 형식적인 온라인 치매 교육이 전부이다. 심지어 교육의 내용은 너무나 일반적이어서 실질적인 도움이 되질 못하고 있다.

교육 문제 외에도 치매 어르신들을 돌보며 겪은 힘듦이나 어려운 일들을 토로할 수 있는 곳은 어디에도 없는 것이 현실이다. 그렇다 보니 돌봄자부터가 치매에 대한 부정적인 편견을 가질 수밖에 없다. 늘 지치기만 했기에 어르신들로부터 삶의 지혜를 배우거나 감사함 등을 느낄 마음의 여유가 존재하지 않는다. 나는 늘 이런 부분이 아쉬웠다. 이러한 아쉬움은 단순한 개인의 감정에 그치지 않는다. 치매 환자를 돌보는 보호자와 의료진에 대한 심리적 지원 부족은 결국 전체적인 돌봄의 질에 영향을 미친다. 교육과 지원 시스템이 제대로 구축되지 않은 현장에서는 치매에 대한 부정적인 인식이 퍼질 수밖에 없다. 이는 돌봄을 받는 어르신들에게도 부정적인 영향을 미쳐 자존감과 삶의 질을 저하시킬 우려가 크다. 따라서 보호자와 의료진 모두가 편안하게 자신의 감정을 털어놓고 경험을 공유할 수 있는 공간이 반드시 필요하다. 이러한 공간은 서로의 어려움을 이해하고, 함께 해결책을 모색하는 소중한 계기가 될 것이다. 비슷한 경험을 가진 이들과의 소통은 고립감을 줄여줄 뿐만 아니라, 서로의 지혜와 경험을 나누는 자리로 변모할 수 있다.

뿐만 아니라 실질적인 교육과정이 함께 제공되어야 한다. 온라인 교육이 아닌 현장 중심의 전문가 교육이 필요하다. 이를 통해 보호자와 의료진은 치매에 대한 최신 정보를 얻고, 구체적인 직접 대처 방법을 익힐 수 있다. 이는 돌봄의 질을 높일 뿐 아니라 보호자와 의료진의 자신감을 키우는 데도 기여할 것이다.

또한 사회 전반에서 치매에 대한 인식이 변화해야 한다. 치매를 단순히 개인의 문제가 아니라 공동체의 문제로 인식해야 하며, 이를 해결하기 위한 노력이 필요하다. 그러기 위해서는 다양한 지원 시스템을 마련하며, 돌봄의 주체인 보호자와 의료진이 함께 소통하고 협력하는 문화를 조성해야 한다. 이러한 변화가 이루어질 때 우리는 치매 환자에게 보다 따뜻하고 의미 있는 돌봄을 제공할 수 있을 것이다.

5 장

하나의 꿈은
천 개의 아픔을
희망으로 만든다

잃어버린 게 아니라
찾지 못하는 것일 뿐

 장재형의 『마흔에 읽는 니체』에 이런 글이 있다. "행복을 행복으로 만드는 것은 잊는 것이다. 가장 작은 행복에서도, 또 가장 큰 행복에서도 행복을 행복으로 만드는 것은 언제나 하나이다. 잊을 수 있다는 것."

 나는 이 글을 읽고 무척 혼란스러웠다. 행복을 만드는 게 잊는 것이라고? 잊는다는 게 새로운 것을 받아들이기 위한 빈자리라고? 도저히 이해할 수 없었다. 그래서 남편에게 이 부분만 읽어보라고 했다. 남편은 "이게 왜? 그러네, 우리가 모든 걸 다 기억하면 머릿속이 복잡해서 어떻게 살겠어. 정말 망각은 신이 주신 축복이네" 하며 내게 책을 건네주며 한마디 덧붙였다. "당신 머릿속엔 온통 치매 환자만 있어서 그런 거 아니야?"

 그랬다. 내가 망각이란 단어에 이렇게까지 불편해한 이유는 치매 어르신 때문이었다. 늘 잊는 그들. 가족을 면회하고 돌아서는 엘리베이터 안에서 식구들은 언제 볼 수 있냐 묻는 어르신. 조금 전 식사하고도 대체 밥은 언제 주냐고 따지는 어르신. 이름을 확인하고 "아침 약이에요" 말하고 약을 드렸는데도 금세 이 병원은 약은 언제 주는 거냐고 화내는 어르신. 당신 남편을 보고도 "누구세요?" 하고 되묻고 "난 시집도 안 갔는데 남편이 어딨어요?" 하는 어르신. 이분들과 10여 년을 함께 지내온 나로선 망각이 우리 영혼의 질서와 안정과 예의를 유지하게 해준다는 니체의 말을 받아들일 수 없었다.

어제 일을 기억하지 못한다는 건 어떤 일일까? 매일이 낯설고 두렵고 모든 것이 혼란스러울 것이다. 심지어 5분 전, 1분 전에 내가 한 말도 기억나질 않는다는 건, 잊었다는 걸 잊는다는 건 어떤 느낌일까?

박훈 어르신은 5년 전 치매 진단을 받았다. 사이클 동호회 회장을 했을 정도로 활동적이신 분이었다고 한다. 1년 전부터 자전거가 보이면 무조건 집으로 가져오는 수집증, 반복적으로 화장실을 가거나 아침에 사과를 10개 이상 먹는 등의 강박 증상으로 입원하신 분이었다. 입원한 다음 날 이렇게 말씀하셨다.

"내가 왜 여기 있노? 누가 날 데려왔노? 난 언제부터 여기 있는 거고?"

"어르신, 어제 입원하셨고 작은아드님 내외랑 할머니랑 오셨어요."

"아들한테 전화 한번 해봐라."

잠시 뒤 전화를 받지 않는 걸 확인한 어르신은 체념한 듯 "화장실이 어디고?" 하곤 화장실로 향하셨다. 5분쯤 지났을까? 몹시 당황한 표정으로 간호사실에 오시더니 처음인 듯 또 물어보셨다. "내가 왜 여기 있노? 누가 날 여기 데려왔노?" 어르신은 하루 종일 똑같은 질문을 무한 반복하셨다. 종이에 직접 당신 손으로 "내 이름은 박훈. 둘째아들 내외와 함께 왔다. 나는 검사를 위해 입원을 했다. 검사가 끝날 때까지 여기에 있어야 한다"를 쓰시게 하고 몸에 지니고 있도록 해봤지만, 화장실 다녀오면 종이에 직접 글을 썼다는 것 자체를 잊어버리시니 아무런 도움이 되질 못했다. 그래서 간호사실에 종이를 붙여놓고, 어르신이 우리에게 다가오면 글부터 읽으시도록 했다. 그러나 어르신은 당신 손으로 썼음에도 "이거 내가 쓴 거라고? 언제 내가 이런 걸 썼노?" 하며 화만 더 내실 뿐이었다.

치매 어르신을 돌보는 일은 이처럼 많은 인내가 필요하다. 대부분의 어르신들이 단기기억장애가 심하기에 같은 질문을 수십 번씩 반복하고, 출입구를 찾으며 귀가 요구를 한다. 케어를 거부하기도 하고 본인의 증상을 인정하지 않고, 병을 받아들이지 않다 보니 매번 실랑이를 한다. 그렇기에 내가 할 수 있는 건 나의 행동을 금방 잊어버리더라도 그 순간만큼은 어르신이 만족하고 안심할 수 있는 대답을 해드리는 것. 최선의 친절로 언제나 지치지 않고 어르신을 대하는 것. 그래서 어르신들이 잠시라도 웃을 수 있게 해드리는 것이다. 내가 옆에 있으면 불안해하지 않고, 나로 하여금 편안함을 느끼고 적응할 수 있게 해드리는 것이 내가, 우리가 할 수 있는 전부였다.

치매 돌봄 현장에서 제일 케어가 어려운 경우가 인지 기능이 '애매하게' 남아 있는 분들이라고들 말한다. 스스로 기억력이 떨어지고 자주 잊어버린다는 걸 느끼기는 하나 본인이 치매라는 사실은 인정하진 못해서 초조와 불안, 배회, 도둑망상, 피해망상, 공격행동, 케어 거부 등의 행동심리증상이 나타난다. 망각에 대해 저항하는 시기인 것이다. 얼마나 두려울까? 얼마나 불안할까? 그분들에게 망각은 정말 다행이라 생각될까? 사랑했던 가족을 알아보지 못하고, 평생 해왔던 일, 성취했던 기억, 살던 집을 기억하지 못하는데 이런 망각들이 그분들껜 어떤 기분일지 감히 나는 상상조차 할 수 없다. 그렇기에 난 "행복을 행복으로 만드는 것은 잊는 것이다"라는 니체의 말에 절대 동의할 수 없었다.

몇 달 전 내가 운영하는 블로그에서, 이웃인 구온아빠의 아들인 구온이(이미 블로거들 사이에서는 시인으로 통한다)에게서 '치매'라는 제목의 시 한 편을 선물로 받았다.

"치매는 기억을 잠시 감옥에 가두고 뇌에 저장소로 가는 배를 떠나게 한 것이나 마찬가지다. 하지만 감옥은 언젠가 나갈 수 있고, 배는 언제나 돌아온다. 그러니 치매는 기억을 잃어버리는 것이 아닌, 찾지 못하는 것이다. 물건도 조금씩 찾아가듯이 기억도 조금씩 찾아가는 것이다."

올해 11살인 구온이가 정말 치매를 이해한 걸까? 치매 현장에서 10년 넘게 일한 나보다도 더 명확하게 어르신들 입장에서 기억력을 표현한 구온이의 시를 읽으며 내가 너무 부끄러웠다. "치매는 기억을 잃어버리는 것이 아닌, 찾지 못하는 것이다." 이 구절을 읽을 때마다 소름이 돋는다. 어르신들이 찾지 못하는 기억들, 갇혀 있는 기억을 되돌리려 굳이 애쓸 필요가 없어졌다. 단지 어르신들의 새로운 기억을 만들어드리면 된다. 잊힌 기억들은 그대로 두고, 대신 지금 현재에 더 많이 행복한 기억으로 가득 채워드리면 그만이다. 이제부터 어르신들의 기억의 퍼즐 조각을, 흔들려 섞여 있는 어르신들의 기억 파편들을 행복의 회로로 맞추는 것이 나의 가장 큰 숙제이다.

tvN 〈알쓸인잡〉이란 프로그램에서 김영하 작가님이 이런 말을 한 적이 있다. "치매는 과거의 기억을 잃는다고 생각하는데, 가장 먼저 잃어버리는 건 미래예요. 기억을 잃어버리면 미래가 끝이죠. 뭘 해야 할지를 몰라요. 뭘 하려고 했는지를 몰라요. 계획을 세울 수도 없고, 내가 여기 왜 들어왔지, 내가 오늘 저녁에 뭘 하기로 했는데 안 해, 이렇게 되기 때문에 미래가 없어지는 거예요."

정말 그럴까?

내 생각은 다르다. 치매 어르신에게도 새로운 미래가 있다. 과거의 기억을 찾지 못한다고 해서 미래가 없어지는 건 아니라고 생각한다. 오늘 하루를 많이 웃으며 즐길 수 있게 만들면 내일은 행복한 기억만 남게 된다. 어제의 기억을 잊는다고 해도 매일매일 또 다른 행복으로 채워가면 분명 어르신의 미래는 행복이란 이름으로 존재하게 된다.

치매라고 하면 마치 삶이라는 긴 여행에서 길을 잃어버린 것처럼 보일 수 있다. 우리가 지도와 나침반을 잃어버리면 길을 찾기 어려워지고, 방향을 잡는 데 힘이 들기도 한다. 하지만 이런 상황에서도 굳이 여행을 멈출 필요는 없다. 새로운 길을 찾아가면 그뿐이다. 치매 어르신들이 겪는 기억에 대한 혼란은 어쩌면 흐릿한 유리창을 통해 세상을 보는 것처럼 느껴질 수도 있다. 과거의 기억이 선명하지 않다고 해서 현재의 유리창 너머의 풍경이 완전히 사라지는 것은 아니다. 여전히 창문 너머의 모습을 바라볼 수 있으며, 그곳에는 현재와 미래가 있다.

미래는 단순히 멀리 있는 목표나 계획이 아니라, 매일매일의 순간 속에서 피어나는 작은 희망과 기쁨에서도 충분히 느낄 수 있다. 치매 어르신들도 하루하루의 일상 속에서 충분히 미래를 경험할 수 있다. 매일의 작은 기쁨과 내일의 설렘 또한 느낄 수 있다. 치매 어르신들의 삶 속에서 일상의 이런 작은 순간들이 계속해서 이어지다 보면 미래는 사라지지 않는다는 걸 꼭 말하고 싶다. 치매 어르신에게도 하루하루의 삶의 여정은 계속되며, 그 여정의 각 순간이 미래의 일부분이 될 수 있음을 나는 믿는다. 치매 어르신에게도 분명 미래는 있다. 그러니 내가 할 수 있는 최선을 다해 많이 안아드리고 웃게 해드리고 사랑하자.

시간이 지날수록
내 쓰임은 더 선명해진다

1년 전 봄, 끝없이 꿈틀거리던 내 꿈에 대한 열망과 어쩌면 약간의 허세 같은 자존심 때문에 나는 병원을 나왔다. 내 온 마음을 다해 열정을 쏟아부으며 애썼던 이곳, 치매안심병동 수간호사로서의 역할을 스스로 내려놓았다. 계속되는 이명과 3년째 나를 괴롭히던 만성 두드러기로 내 몸은 이미 엉망진창이었다. 갑작스런 사직으로 한동안 나는 내가 모시던 어르신들의 보호자들로부터 수십 통의 전화를 받았다. 보호자분들은 내가 어디로 옮겼는지 궁금해했다. 내가 다른 요양병원으로 갔다면 그곳으로 옮기겠다고 하는 분들도 있었다. 하지만 나는 이제 더 이상 병원으로 돌아가고 싶지 않았다. 내가 현장으로 다시 돌아간다면, 그곳은 내가 직접 운영하는 센터일 것이다.

여러 가지 고민을 하고 있는데 지도교수님께서 연락을 주셨다.

지역사회 노인들을 위한 건강 사업에 함께 참여해보자는 제안이었다. 나는 앞뒤 잴 것도 없이 무조건 하겠다고 했다. 나는 중재 프로그램 개발을 위해 두 달 동안 매일 컴퓨터와 씨름했다. 논문도 찾아보고 온갖 정부 기관 사이트들을 뒤지며 애썼지만, 내내 제자리걸음이었다. 함께 사업에 참여하는 다른 대학원생들은 매주 미팅마다 뭔가 만들어내는 모습이었고, 나만 아무런 진전 없이 같은 곳에 멈춰 있었다. 나는 겨우 현장에서 사용할 중재 교육 프린트를 끝냈을 뿐이었다. 하지만 이런 진행 결과와는 상관없이 예정대로 여름에 우리 모두는 현장에 투입되었다.

억수같이 비가 쏟아지던 어느 여름날, 1차 파일럿을 위해 어느 농촌의 마을회관을 방문해서야 내가 이 사업에 투입된 정확한 이유를 알게 되었다. 처음 보는 낯선 어르신들 속에서 나 혼자 신나서 들떠 있었기 때문이다. 함께 갔던 대학원생들이 나를 보며 다들 한마디씩 했다. "서 선생님은 현장 나오니 본인 세상인 듯 날아다니네요." 파일럿 작업이라 현장 분위기만 파악하고, 한 명당 검사 시간이 얼마나 걸리는지 정도만 파악하는 게 목표였다. 하지만 적극적이었던 마을 이장님은 방송을 두 차례나 하셨다. 미친 듯이 쏟아지는 굵은 빗줄기를 뚫고 어르신들은 끊임없이 마을회관으로 몰려오셨다. 우리 모두는 처음이라 많이 서툴렀다. 기계들은 제대로 작동되지 않았고, 설문지 내용도 많아 어르신들이 기다리는 시간이 길어지고 있었다. 좁은 마을회관 안을 꽉 채운 어르신들. 날이 덥고 습해서 한 분씩 짜증을 내기 시작했다.

이때부터 나의 진가가 발휘되기 시작됐다. 각자 맡은 기계를 이용한 검사들과 설문지를 분리해서 어르신들을 분산시켜 정체 구간을 없앴다. 또 대기 중인 어르신들을 한곳에 모아 지루해질 틈 없이 준비해 간 간식을 나눠드리면서 노래를 부르고 어르신들과 이야기를 나눴다. 오후 6시가 다 되어서야 어르신들 검사가 마무리되었다. 모두 녹초가 되어 지쳤지만 나는 그렇지 않았다. 오랜만에 만난 어르신들 속에서 나는 에너지를 가득 충전했다. 오랜 장마로 습하고 유독 뜨거웠던 여름날들을 나는 농촌 지역 어르신들과 함께했다. 내 차 브레이크 페달이 닳아 교체하고, 엔진이 과열되어 터질 뻔했을 만큼 나는 열정적인 시간들을 보내던 중이었다.

유난히 더웠던 어느 날, 걷는 게 아니라 엉덩이로 끌다시피 해서 마을회관 문을 여시는 어르신. 한눈에 봐도 연세가 많아 보였다. 어르신이 숨을 고르시는 동안 나는 생년월일을 확인했다. "나유? 100살이 넘었어라. 오래도 살아 있지유? 이제 그만 가야지 하는데 참 끈질기네유." 어르신은 조심스럽게 바지 안쪽에서 주민등록증을 꺼내어 내게 내미셨다. 1922년생, 한 세기를 넘게 살아오신 셈이다. 우리는 검사 전 반드시 연구 동의서 작성부터 진행했다. 이곳엔 무학의 어르신들이 많다 보니 본인 이름 쓰는 것조차 어려워하시는 분들이 많았다. 그래서 늘 어르신들께 묻기가 조심스러웠다. 그런데 어르신은 내게서 동의서를 받아 들고는 직접 당신 이름을 한 자 한 자 꾹꾹 눌러 쓰셨다. 그 모습을 보고 있자니 왠지 내 마음이 숙연해졌다. 검사를 마치고 집으로 가시려는 어르신께 내가 조심스레 물었다. 100년을 살아오시면서 뭐가 기억에 남으시냐고. 한참 날 멀뚱멀뚱 바라보던 어르신은 힘겹게 침을 한 번 삼키시더니 입을 떼셨다. "선상님~ 나가 자식이 11명 있었는디 지금은 다 떠나고 없어유. 나 혼자 남았지유. 자식들까정 다 보내고 요렇게 있는데, 나 이도 사는 것도 아무 생각이 없네유. 그냥 죽어지지 않으니께. 요로코롬 또 살아 있으니께. 그냥 사는 거지유."

어르신의 삶 속에서 그간 부서졌을 마음의 상처도, 아픔도 감히 나는 상상조차 할 수 없었다. 나는 아무 말도 하지 못한 채 그저 어르신의 손을 살며시 한 번 더 잡아드렸다.

1천 명의 어르신들을 만나고서야 현장 일은 끝이 났다. 그 후 컴퓨터 데이터와 고요한 전쟁을 벌이는 나날들이 다시 이어졌다. 하루 종일 설문지들 속에 파묻혀 일을 했으나 도무지 진도는 나가질 않고 앉아 있는 시간이 지루하기만 했다. 내내 컴퓨터 앞에만 앉아 있으니 몸은 더 망가지는 것 같고, 무엇보다 열심히는 하고 있으나 전혀 즐겁지 않던 시간들이었다. 그렇게 추석이 지난 어느 날이었다.

여느 때처럼 제일 먼저 출근해서 컴퓨터를 켜며 가지고 온 책을 펼쳤다. 문요한의 『오티움』을 읽던 중이었다.

"누군가 나를 기쁘게 해주는 것이 아니라 스스로 나를 기쁘게 할 때 최고의 나를 만날 수 있다"라는 문장을 보는 순간 나는 정신이 번쩍 들었다. 그리고 그 순간 왈칵 눈물이 쏟아졌다. 내 꿈은 치매 어르신들을 위한 센터 운영인데 정작 나는 지금 어르신들 곁이 아닌 학교 연구실에서 이러고 있으니 말이다. 그 순간 고민할 필요조차 없었다. 나는 내가 가장 좋아하는 일을 하기로 결심했다. 풀타임 학생으로 시작한 박사과정이었기에 주중에는 수업 들으며 연구실 일들을 하고, 주말에는 치매 어르신들을 만나기로 다짐했다.

그렇게 나는 매주 토요일마다 H 요양원에서 치매 어르신들 대상으로 인지 프로그램 강사로 자원봉사를 시작했다. 정신없이 바쁜 연구실 생활 속에서 유일하게 나를 버티게 해준 시간이 바로 토요일이었다. 나는 토요일만 되면 어르신들을 만날 수 있음에 설레고 행복했다. 내가 병원에서 근무할 때 하지 못했던 것들을 마음껏 할 수 있어 좋았고 어르신들 한 분 한 분을 알아가는 시간이 너무나 소중했다.

손재주가 없던 나는 인지 프로그램 봉사를 위해 색종이 접기, 점토 만들기 등을 틈날 때마다 연습했다. 대학 때 배웠던 구연동화 스토리텔링도 요긴하게 쓰였다. 뭐든 배워두면 다 써먹을 수 있다는 게 뿌듯했다. 토요일 프로그램 시간은 오전 10시 30분이었다. H 요양원은 우리 집에서 왕복 2시간 정도 소요되어 토요일 오전 시간을 다 쓴 셈이다. 나는 그 시간들이 전혀 아깝지 않았다.

처음엔 나를 바라보는 표정이 무뚝뚝했던 어르신들이 한 주 한 주 지날 때마다 환하게 웃는 모습으로 바뀌었다. 요양원에 입소한 지 4년 동안 한 번도 다른 사람에게 사탕 하나 건넨 적 없다던 어르신이 내가 갈 때마다 내 손에 초콜릿이며 두유 등을 쥐여주시기도 했다.

어느 날 아침 일찍 내 건강검진을 끝내고 바로 프로그램을 진행하던 날이었다. 나는 내시경검사 때문에 전날 저녁부터 굶었던 탓에 기운이 없어 목소리가 잘 나오지 않았다. 늘 텐션 높고 시끄럽던 내가 조용조용히 수업하자 어르신들이 걱정스레 바라보며 물으셨다. "우리 선생님이 오늘은 왜 이리 힘이 없어?" 검사 때문에 굶어서 배가 고파서 그렇다는 내 말에 프로그램에 참여하는 어르신들이 일제히 당신들 방으로 가셔서 먹을 걸 챙겨 나오셨다. 평균 연령 90세인 여덟 명의 어르신들과 함께하는 매주의 시간은 내가 쓸모 있는 사람임을 느끼게 했다. 나로 인해 어르신들이 즐거워하실 때면 내 쓰임에 그저 감사했다.

인지 프로그램 마지막 시간이었다. 아쉬운 맘에 어르신들께 꽃 그림이 그려져 있는 색칠 공부 책을 한 권씩 선물로 드렸다. 그중 제일 마지막에 있었던 것은 민들레꽃. 내가 좋아하는 꽃이자 꽃말이 행복, 감사함이라는 이야기를 전해드리며 2023년 한 해 가장 감사한 것 두 개씩을 써보시도록 했다. 그러자 한 어르신이 내 이름을 쓰셨다.

"어르신, 제 이름 말고 어르신이 가장 감사했던 거 써보세요."

"난 선생님 만난 게 제일 감사해."

어르신은 이렇게 고백하셨다. 시간이 흐를수록 내가 결정했어야 했던 선택의 의미와 그에 대한 책임이 점점 더 선명해졌다. 어르신들을 통해 내가 어디에 있어야 하고, 내 소명이 무엇인지 말이다. 내가 병원을 떠났던 이유는 단순한 반항이나 일시적인 감정의 폭발

이 아니었음을 이제는 안다. 그것은 내 안에서 자라나는 더 큰 비전과, 나 자신이 진정으로 원하는 길을 향한 긴 여정의 시작을 위해서였다.

도로시가 되어
희망을 찾는 중이다

어릴 적부터 나는 '유별나다'는 말을 많이 들었다. 그래서 그게 나의 단점이라 여겼다. 하지만 치매 어르신을 만나면서 그게 나의 특별한 장점이자 정체성이라는 걸 깨달았다. 튀지 않고 보통 사람들과 다르게 보이지 않으려고 애쓰던 나였지만, 치매 어르신들과의 삶 속에서 그 '유별남'을 온전히 받아들이기로 결심했다. 내 유별남으로 어르신들이 잠시라도 더 걸을 수 있고, 구속 대신 자유를 누릴 수 있고, 조금이라도 더 행복할 수 있다면 그걸로 충분했다. 나의 어설픈 유머 한마디, 따뜻한 손길, 그리고 진심 어린 눈빛이, 내 사소한 욕심들이 어르신들이 한순간 웃는 데 도움을 줄 수 있다면 나는 뭐든 할 수 있을 것 같다.

사람들을 만날 때마다 나는 내 꿈에 대한 이야기를 종종 했다. 그럴 때마다 대부분의 사람들은 내 꿈의 현실성을 우려했다. 센터를 운영하겠다는 내 꿈의 목적이 '수익'이 아니라 '돌봄'이기 때문이다. 나는 사업을 하고 싶은 게 아니다. 단지 치매 어르신들을 행복하게 해드리고 싶은 마음뿐이다. 그분들과 함께하고 싶고, 그분들의 삶 속에 내가 있길 바랄 뿐이다.

하루도 평범하게 지나가지 않았던 어르신들과의 삶에서 내게는 늘 긴장감과 도전이 필요했다. 그랬기에 나는 용기와 지혜들을 더 많이 경험했음을 믿는다. 내가 전하는 진심이 어르신들에게 닿기를 바라는 마음은 나의 존재 이유가 되었다. 나는 10여 년의 시간을 치매 어르신들과 함께하면서 인내, 감사, 그리고 베풂의 가치를 배웠다. 어르신들은 때로 투명한 유리 같은 순수한 모습을 할 때도 있고 때로는 풍부한 경험을 지닌 삶의 멘토처럼 느껴졌다. 어르신들의 기억은 흐릿했지만, 마음의 온기는 여전히 따뜻했다. 나는 어르신들의 미소를 보며 매일 힘을 얻었다. 반복적인 어르신들의 돌발 행동들이 가끔은 나를 당황스럽게 만들기도 했지만, 어르신들의 그 행동 속에 담긴 두려움과 불안함도 이해하게 되었다. 어르신들에게 안도감을 주고, 내 곁에 있는 이곳이 안전하다는 사실을 전하려 애썼으며, 안도하는 모습을 보며 감사함을 느꼈다.

이런 소소한 순간들이 쌓여가면서, 나는 어르신들과의 관계에서 배운 것들이 나의 삶을 어떻게 변화시켰는지를 깨달았다. 인내는 단순히 참는 것이 아니라, 어르신들의 행동을 이해하고 받아들이는 과정이라는 것을 안다. 어르신들의 모든 행동들에서 그분들이 살아온 세월을 보고 느꼈다. 그 속에서 삶의 소중함을 깨달았고, 어르신들의 사랑과 지혜를 느꼈다. 감사함은 단순한 표현이 아니라, 일상 속에서 발견되는 작은 기적이었다. 어르신들과의 시간은 나에게 끊임없이 새로운 시야를 제공해주었고, 일상에서 쉽게 지나칠 수 있는 것들이 얼마나 귀한 것인지 깨닫게 해주었다. 나눔은 어르신들을 통해 내가 배운 가장 큰 가르침이었고, 누군가를 위해 존재한다는 것이 얼마나 큰 의미인지 이해할 수 있었다.

치매 현장에서의 10여 년. 내게는 그 삶이 오즈의 세계 같았고, 나는 도로시였다. 라이먼 프랭크 바움의 『오즈의 마법사』의 주인공 도로시는 갑작스런 토네이도에 휘말려 오즈의 세계에 떨어진다. 그곳에서 뇌가 없어 지혜를 갖고 싶은 허수아비, 심장을 갖고 싶은 양철 로봇, 겁이 많아 용기를 갖길 원하는 사자와 함께 오즈의 마법사를 찾아간다. 그 여정은 많이 험난했다. 하지만 함께했던 허수아비, 양철 로봇, 사자 덕분에 어려운 순간들마다 고비를 넘기고 마침내 모두 원하던 걸 스스로 얻고 도로시도 집으로 돌아온다는 이야기이다. 이야기 속에서 늘 지혜를 갈구했던 허수아비는 매 순간마다 아이디어를 내며 모두를 구했다. 사람의 심장을 갖고 싶어 했던 로봇은 누구보다 친구들을 위하며 따뜻한 마음을 가지고 있었다. 또한 겁쟁이라 생각했던 사자는 위험한 순간에 가장 먼저 용기로 나섰다. 그들 스스로만 자신들의 가치를 몰랐을 뿐이다.

내겐 늘 함께했던 치매 어르신들이 허수아비였고, 양철 로봇이었고, 사자였다. 이분들과의 삶을 통해 많은 경험을 쌓았고, 그 모든 경험들은 내가 앞으로 살아가야 할 삶의 방향을 제시해주었다.

앞으로도 난 이 경험들을 바탕으로 더 많은 치매 어르신들과 소통하고, 함께 성장해나가고 싶다. 도로시처럼 살아가며 매일 새로운 발견과 배움을 이어가고, 이 여정이 끝날 때까지 어르신들에게서 배운 사랑과 감사의 마음을 잊지 않고 살아가고 싶다. 삶은 끊임없이 변하지만, 그 속에서 진정한 희망을 발견하는 일이 내가 걸어가야 할 길이자, 나를 움직이게 하는 원동력이다.

빅터 프랭클의 『죽음의 수용소에서』에는 "정말 중요한 것은 우리가 삶으로부터 무엇을 기대하는가가 아니라, 삶이 우리로부터 무엇을 기대하는가 하는 것"이라는 글이 나온다. 나는 치매 어르신들을 만날 때마다 이분들에게 필요한 것은 무엇이며, 이분들에게 내가 드릴 수 있는 기대는 무엇인지 고민한다. 그분들이 날 보는 눈빛 속에서 그분들에게 필요한 건 단순한 돌봄 이상의 것들임을 느꼈다. 어르신들의 기억 속에 머물러 있는 상처들, 매 순간 불안한 마음들을 내가 보듬을 수 있다고 확신한다.

어르신들과의 삶을 통해 과거의 나와 현재의 나, 그리고 앞으로의 나는 서로 연결되어 있으며, 그 모든 순간들이 나를 이만큼 성장시켰음을 믿는다. 삶의 의미는 종종 우리가 당연히 여기는 것들 속에 숨어 있다. 어르신들과의 대화 속에서 나는 그분들의 경험과 지혜를 통해 삶의 진정한 가치를 깨닫게 되었다.

나는 앞으로도 삶이 내게 건네는 물음에 귀 기울이고, 그 답을 찾아가는 여정을 이어가고 싶다. 내가 걷는 이 길이 누군가에게 작은 위로가 되고, 따뜻한 연결로 이어지길 바란다. 이 여정 속에서 내 마음을 아낌없이 나누며, 함께 쌓아가는 순간들이 나를 더 깊은 사람으로 만들어줄 것이라 믿는다. 삶이 보내는 신호에 진심으로 응답하는 것, 그것이야말로 내가 살아가는 이유가 아닐까.

나만의 무기
VESH

어르신들과 함께하다 보면 유난히 나만 찾던 분들이 계셨다. 다른 직원에겐 세상 까칠하고, 말을 잘 듣지 않으시지만 날 보면 그저 환하게 웃으시던 어르신. 자식들 이름은 다 잊으셨음에도 마지막 순간까지도 내 이름과 내 얼굴을 기억하셨던 어르신. 눈도 잘 뜨지 않고 침대에서만 생활하셔도 내 목소리엔 반응을 보이며 고개를 돌려 날 찾던 어르신. 그 어떤 케어에도 거부 반응을 보이셨지만 내가 다가서면 유일하게 순한 양이 되던 어르신. 나만 피검사를 할 수 있었던 어르신. 내가 주는 약만 드시던 어르신. 내가 병실 안으로 들어서면 자동으로 손을 뻗어 날 안으려 하던 어르신. 내가 당신 간호사여서 감사하다 말씀해주시던 어르신. 내가 있는 곳이면 어디든 따라가고 싶다고 하시던 어르신. 지역사회든, 요양원이든, 어디에서든 난 늘 어르신들과 쉽게 친해졌고, 다들 날 좋아하셨다.

나의 무엇이 달랐을까? 내가 마법을 부린 것도 아닌데 말이다. 어르신들이 나만 찾으셨던 원인은 기본 'VESH' 덕분이었다고 나는 확신한다.

'VESH'라는 용어를 들어본 적이 있는가? 아마 없을 것이다. 특허청에 로고 상품 등록 출원을 진행하고 있으며 내가 만든 치매 케어이기 때문이다. 치매 케어 하면 현장에선 많은 사람들이 이제는 자연스럽게 휴머니튜드를 떠올린다.

휴머니튜드Humanitude는 Human+Attitude의 합성어로 인간다움을 뜻한다. 1976년 프랑스의 이브 지네스트와 로젯 마레스코티라는 체육학 교사가 만든 케어 방법이다. 현재 유럽권의 많은 나라들이 실천하고 있으며, 일본에서도 2014년부터 도입하여 24개의 의료센터에서 이 방법으로 케어를 하고 있다. 우리나라의 경우 4년 전 KBS 다큐 〈인사이드〉에서 다룬 적이 있다. 휴머니튜드 창시자 이브 지네스트가 인천 제2시립 노인치매요양병원에 방문해서 직접 케어 방법을 선보이는 모습을 '60일의 기적, 부드러운 혁명'이란 제목으로 방송했다. 그 뒤『휴머니튜드 입문』,『휴머니튜드 혁명』,『휴머니튜드와 간호』,『가족을 위한 휴머니튜드』등 여러 권의 책이 번역되었다. 얼마 전에는 우리나라도 국공립병원 및 장기요양시설을 중심으로 휴머니튜드 케어 방법을 교육하고 도입하려고 노력한다는 소식을 접했다.

휴머니튜드의 기본 케어는 '보다', '말하다', '만지다', '서다'이다. 이 케어에서 선행되는 것은 다가가기 전에 먼저 시간을 가지고 기다리라는 것이다. 이를 '노크'하는 것이라고 표현한다. 1인실로 되어 있는 유럽 국가들과 달리 한국의 요양시설은 대부분 여러 명이 함께 쓰는 다인실이다. 그렇기에 우리나라에서는 대상자의 침대에서 노크하고 기다리라고 말한다. 그리고 천천히 다가가 기본 네 가지 중 반드시 두 가지를 동시에 실천하라고 한다. 특히 목욕할 때도 누워서 하기보단 앉아서 시행하는 것을 권고한다.

이런 훌륭한 케어 방법이 있음에도 난 왜 굳이 VESH를 만들었을까? 휴머니튜드도, 내가 만든 VESH도 인간 중심 돌봄이라는 기본 틀은 같기에 비슷한 이론일지도 모르겠다. 처음 휴머니튜드에 대한 방송을 본 후 나 또한 병원에서 휴머니튜드 간호에서 이야기하는 모든 것을 직접 시도해봤다. 일단 노크. 병실 밖에서 노크를 하니 듣지 못하는 어르신들이 다수였다. 침대에 노크하니 어르신들이 놀라며 짜증을 내셨다. 다가가 얼굴부터 들이대면 대부분의 어르신들은 놀라거나, 주먹이 날아오기도 했다. 나는 그전까지 내 인사에 늘 웃어주고, 내 목소리에 반응을 보이던 어르신들을 떠올렸다. 그랬다. 난 이미 나만의 케어 방법을 알고 있었다. 실제로 어르신들이 변하는 모습을 직접 느낀 나만의 방법이 존재했던 것이다. 그게 바로 VESH다. 내가 만든 VESH는 10년 동안 현장에서 어르신들을 케어하고 직접 체험하면서 증명된 나만의 무기다.

의사소통에서 감정 전달과 라포 형성에 중요한 역할을 하는 비언어적 요소의 중요성을 강조하는 메러비안 법칙은 내가 만든 VESH의 근거 기반이기도 하다. 앨버트 메러비안 박사가 UCLA에서 진행한 연구에 따르면 의사소통에는 세 가지 중요한 요소가 있다. 비언어적 표현인 익숙하고 편안한 목소리와 억양, 속도, 음높이 같은 음성적 요소, 즉 청각적 요소가 38퍼센트를 차지한다. 표정이나 제스처 같은 시각적 요소는 55퍼센트를 차지한다. 전달되는 메시지 자체의 언어적인 요소는 7퍼센트밖에 차지하지 않는다. 즉 치매 어르신들께 무슨 말을 하느냐보다는 어떤 방법으로 전달하느냐가 중요하다.

　내가 병실로 들어갈 때 늘 하던 인사인 "안녕하세요. 오늘은 몇 월 며칠, 몇 시입니다. 저는 서은경 간호사입니다"에 익숙해져 있던 어르신들은 이미 내 목소리로 나란 사람을 인지하고 있었다. 그분들께는 내 목소리가 노크 역할을 했던 것이다. 지금 이 병실에 들어온 건 저예요, 어르신들을 돌봐주려고 하는 간호사에요, 라는 나만의 신호였다. 그래서 VESH의 제일 처음은 이 목소리로 시작한다. 청각장애가 있는 어르신들을 제외하면 대부분의 어르신들에게 마지막 순간까지 남아 있는 감각기능은 청각이다. 그만큼 예민하고, 어르신들이 누군가를 만날 때 제일 처음 접할 수 있는 감각기능이기도 하다. 그래서 난 시각적으로 보이는 것보다 목소리가 선행되어야 한다고 생각했다. 빠르지 않게 천천히, 그러나 또박또박 내 목소리를 전달하자. 나는 보통 사람들보다 하이톤의 목소리를 가지고 있다. 많은 연구들에 따르면 어르신들은 낮은 저음의 목소리를 더 잘 들을 수 있다고 한다. 하지만 익숙해지면 내 하이톤 목소리도 어르신들이 잘 들으시는 걸 봐서는 높낮이보다는 진정성이 더 중요하다고 생각한다.

　그렇게 익숙해진 다음 청각과 동시에 시각적으로 다가갈 때는 반드시 어르신들과 시선을 맞추어야 한다. 목소리는 들렸는데 보이지 않으면 어르신들이 불안해할 것이다. 그러니 내 목소리와 함께 천천히 다가가 어르신의 눈을 보고 다시 한번 인사를 건네는 것이다. 모든 케어 시 식사 보조를 할 때도, 기저귀 케어를 할 때도, 목욕을 도와드릴 때도 어르신들과의 시선 맞춤은 중요하다. 특히 시선을 맞출 때의 표정이 중요하다. 어르신들께 보이는 내 얼굴은 두려움의 대상이 아니라 돌봐주는 사람이라고 인식될 수 있도록 환한 미소를 띠고 있어야 한다.

　미소는 내가 지을 수 있는 최대한 밝은 표정이어야 한다. 그리고 이 미소는 어르신이 어떤 행동을 할 때도 변함이 없어야 한다. 나는 원래 감정 기복이 심한 편이다. 하지만 이상하리 만큼 어르신들 앞에선 늘 웃었다. 어느 날인가 내가 속상한 일이 있어 한참을 울고 난 후였음에도 어르신이 부르니 금방 웃어 보이는 나를 보며 멤버들이 '지킬과 하이드' 같다고 놀렸던 기억이 난다.

　그리고 마지막은 포옹이다. 가끔 스킨십을 싫어하는 어르신들도 있다. 이때는 포옹보다는 미소와 함께 손을 잡아보는 걸 권한다. 그렇게 조금씩 어르신들의 반응을 보며 스킨십도 차차 늘려나가야 한다. 우리나라 어르신들은 스킨십에 익숙하게 노출되었던 분들이 아니라는 걸 기억하자. 처음 만난 사람과도 끌어안고 볼 뽀뽀로 인사하는 서양 사람들과 우리나라 어르신들의 정서는 다르다. 그럼에도 나중에 익숙해지면 어르신들은 누구보다 포옹을 좋아하게 될 것이니 포기하거나 두려워하지 말자. 내가 만난 대부분의 어르신들은 나만 보면 자동으로 손을 뻗어 안아주셨다.

VESH는 돌봄자의 이 핵심적 태도의 앞 글자를 나타낸 것이다. 알바니아어로 '이해'라는 뜻도 있다. 치매 어르신을 돌보기 위해선 먼저 치매에 대한 이해가 우선시되어야 한다.

Voice(보이스)의 V는 친절한 목소리를 나타낸다. 따뜻하고 친절한 목소리는 어르신들에게 안정감을 제공하며, 신뢰를 구축하는 데 중요한 역할을 한다. 긍정적인 목소리는 스트레스를 줄이고, 긍정적인 감정을 유도하는 데 도움이 된다. 이는 치매 어르신들에게 특히 중요하다.

Eye contact(아이 콘택트)의 E는 항상 눈을 맞추는 것을 의미한다. 눈 맞춤은 상호 존중과 관심을 표현하는 중요한 비언어적 요소이다. 눈 맞춤은 감정적 연결을 강화하고, 상대방에게 자신이 존중받고 있다는 느낌을 준다. 치매 어르신들은 자주 불안감을 느낄 수 있는데, 지속적인 눈 맞춤은 불안을 줄이고 안정감을 제공하는 데 기여할 수 있다.

Smile(스마일)의 S는 밝은 미소를 말한다. 미소는 상대방에게 긍정적인 감정을 전달하며, 마음을 열어주는 효과가 있다. 미소는 신경전달물질인 도파민, 세로토닌 등을 분비하게 하여 긍정적인 기분을 촉진한다. 미소는 특히 치매 어르신들에게 안락함과 안전감을 주며, 그분들이 더 편안하게 느끼도록 돕는다.

Hug(허그)의 H는 다정한 포옹을 의미한다. 신체적 접촉은 스트레스를 줄이고, 옥시토신(사랑 호르몬) 분비를 촉진하여 정서적 안정감을 제공한다. 특히 치매 어르신들에게 애정과 안정감을 전달하는 데 효과적이다. 포옹은 비언어적 의사소통의 강력한 형태로, 상대방에게 사랑과 지지를 전달하는 방법이다. 이는 치매 어르신과의 관계를 더욱 깊게 만들어준다.

어떤가? 이 정도는 누구나 할 수 있지 않을까? 이 쉬운 VESH로 오늘 현장에 있는 많은 분과 어르신들이 행복해질 수 있기를 바란다. 그래서 어르신들이 존중받고 단 하루라도 더 행복한 삶을 이어가실 수 있기를 간절히 소망한다.

내가 만들어갈 쉼나무,
치매전담센터

어릴 적부터 내 유일한 꿈은 간호사였다. 국민학교 시절 일요일 아침마다 "외로워도 슬퍼도 나는 안 울어"라는 노래가 들리면 자석처럼 TV에 이끌렸다. 그 만화 속 주인공 캔디가 메리제인간호학교에 들어가고, 전쟁이 터지면서 부상병들을 돌보는 모습을 봤다. 덜렁거리기도 하고 실수도 많지만 진심을 다해 환자들을 간호하던 주인공 캔디. 그 뒤 모든 부상병들이 캔디만 찾고 캔디에게 치료를 받으려는 장면이 화면을 가득 채우는 그 순간 나는 간호사가 되리라 결심했다. 나는 캔디처럼 환자들에게 꼭 필요한 간호사가 되고 싶었다.

고등학교 동아리 활동할 때도 양호부를 선택했을 만큼 내 꿈은 학창 시절에도 변하지 않았다. 양호부는 양호 선생님(지금의 보건 선생님)을 도와 쉬는 시간에 학생들이 다치면 소독을 해주고, 파스도 뿌려주고 붕대를 감아주는 일을 했다. 나는 이 일이 너무 재밌었다. 그래서 내 담당 시간이 아닌데도 쉬는 시간마다 양호실로 뛰어갔다. 그렇게 나는 자연스럽게 간호사가 되었다.

치매 어르신들과 함께하는 걸 소명이라 받아들이면서 나는 또 다른 꿈을 꾸기 시작했다. 이분들을 위한 센터를 설립하는 것. "너의 삶을 꿈꾸는 삶으로 만들어라. 그리고 그 꿈을 현실로 만들어라"라는 생텍쥐페리의 말처럼 나는 내 꿈을 현실로 만들어가는 중이다. 이미 몇 년 전 내 센터의 이름도 정했다. 대학원 다닐 때 과제로 사업계획서를 만들었다. 그때 오랜 고뇌와 고민 끝에 정한 내 센터의 이름은 쉼나무 치매전담센터이다.

내가 만들고 싶은 센터가 반드시 장기요양시설의 요양원 형태인 것은 아니다. 지역사회에서 어르신들을 만나면서 네덜란드의 '드호그벡 마을' 같은 마을 단위 형태로 만들고 싶다는 생각을 했다. 드호그벡De Hogeweyk 마을은 네덜란드 암스테르담 근교에 있는 세계 최초의 치매 마을이다. 2009년에 설립된 이 마을은 중증치매 노인 환자들이 공동체 생활을 하는 주거 공간이다. 마을 안에는 슈퍼마켓을 비롯한 헤어숍, 레스토랑, 문화센터, 외래 진료 공간 등이 운영되고 있다. 시설 안에서는 의료진을 포함한 다양한 직군의 직원들과 자원봉사자들이 점원이나 경비원 등으로 변장한 채 근무하고 있다.

지금 내가 머물고 있는 미국에서는 자원봉사하러 갈 때마다 요양원과 실버타운의 중간 형태인 어시스티드 리빙 홈assisted living home

처럼 만들어도 좋겠다는 생각을 했다. 어시스티드 리빙 홈은 현재 우리나라에는 없는 시설 형태이다. 아파트형 구조로 개인 공간이 주어지며, 사회적 활동과 다양한 프로그램이 운영된다. 획일화된 일률적인 프로그램이 아니고 본인이 선택하고 참여한다는 게 제일 큰 차이점인 것 같다. 시설 같은 느낌이 아닌 편안하고 가정적인 환경을 조성하고 있다. 시설 안에는 물리·재활치료실, 미용실, 극장, 식당, 투석실 등이 있다. 특이한 점은 요양원과 요양병원이 건물 안에서 연결되어 있다는 것이다. 어르신들의 컨디션에 따라 이동이 가능한 것이다. 우리나라와는 비교할 수 없을 만큼 다양한 직군들의 직원들이 상주하고 있다. 기본적인 일상생활 지원(식사, 청소, 세탁 등), 약물 관리 등을 포함한다. 개인의 자율성을 중시하며, 의료 서비스가 필요하면 본인이 가입한 보험에 따라 진료도 받을 수 있다. 식사 시간도 자유로워 본인이 먹고 싶을 때 언제든 식당을 이용하거나 각자의 방에서 먹을 수 있었다. 무엇보다 어르신들의 만족도가 높았다. 보호자들의 면회 및 외출도 자율적이며, 필요한 물건이 있는 경우 일주일에 한 번 직원이 동행해서 마트에서 직접 구매도 할 수 있다.

우리나라에서도 현재 치매 노인들의 주거 공간에 대해 많은 기획이 제시되고 있긴 하나, 아직까지는 제약이 많고 제한적이다. 얼마 전 KBS에서 방영한 〈우리들의 행복한 노년/더 보다 9회〉에서 일본 도치기현 나스마치에 있는 한 마을이 소개되었다. 폐교된 초등학교를 개조해서 마을을 형성하고, 건강한 노인부터 돌봄이 필요한 노인들까지 지내며, 마지막 임종을 준비할 수 있는 호스피스 병동까지 부락 형태를 이루고 있었다. 현재는 60세 미만의 주민은 세 가구뿐이지만 다양한 세대들도 함께 어울려 살기 위해 노력한다는 대표들의 인터뷰를 보면서 왜 우리나라에서는 이런 형태의 마을을 만들지 못하고 있지 하는 의구심과, 내가 한번 만들어보면 어떨까 하는 호기심도 생겼다.

내가 나만의 센터를 고집하는 데는 이유가 있다. 오랜 기간 치매 현장에 있으면서, 내가 오너가 되지 않으면 치매 어르신들을 케어하는 방향을 내가 원하는 쪽으로 바꿀 수 없다는 걸 뼈저리게 느꼈기 때문이다. 내가 만들 센터에는 몇 가지 나만의 확고한 고집이 있다. 우선 내가 만든 VESH 케어가 기본 모토가 될 것이다. 오래전부터 요양병원들마다 내걸었던 목표가 있었다. 4무 2탈. '신체 구속의 무, 욕창 발생 무, 낙상 발생 무, 냄새 발생 무, 탈기저귀, 탈침대'이다. 다들 현실적으로 어렵다고들 말한다. 하지만 불가능한 것은 아니다. 또한 실제로 내가 치매안심병동 수간호사로 근무할 때 낙상 발생을 제외하고는 거의 지키기 위해 노력했던 것들이다. 내가 만들 시설에서는 4무 2탈을 당연하게 지키고 싶다. 또한 어르신들의 생활을 획일화하지 않고 입소 시 어르신들의 성향을 파악해서 어르신들에게 필요한 맞춤형 생활 및 프로그램을 제공하고 싶다. 그러기 위해서는 내 뜻을 함께할 많은 사람들이 필요하다. 그래서 난 늘 인연을 중요하게 생각해왔다.

치매안심병동 시범사업을 나와 함께했던 사회복지사와 재활치료사는 아직 병원에 남아 근무 중이다. 그 당시 막 졸업하고 처음 취업하여 맡은 일이 나와의 치매사업이었던 두 사람. 몇 년 뒤에 두 사람은 내가 도움이 필요할 때면 언제나 제일 먼저 적극적으로 날 도와줄 수 있을 만큼 많이 성장했다. 내 시설을 갖게 되면 두 사람은 거기가 어디든 나와 함께하겠다고 약속했다. 덕분에 나는 귀한 인연으로 이미 함께할 동지가 생긴 셈이다. 또 나와 함께 일했던 간호사, 조무사, 간병사님들 중 일부도 함께하겠다고 약속하셨다. 실제로 내가 센터를 운영할 때 이분들이 모두 와서 일해주실 수 있을지는 장담하기 어렵다. 하지만 분명 희망은 있다.

내가 운영 중인 블로그에 내 꿈에 대한 이야기를 쓸 때마다 기꺼이 자원봉사를 해주겠다는 많은 이웃님들의 약속도 난 믿는다. 그 중 단 한 분이라도 정말 내 센터에서 봉사해주신다면 그게 희망의 시작일 테니 말이다. 얼마 전 지인으로부터 이런 희망의 꿈을 AI로 그린 그림을 선물받았다. 센터 앞 정원에 가득한 어르신들, 보호자, 직원들이 함께 산책하는 그림이었다. 그림 속 모두 행복한 표정으로 손에 손을 잡고 걷고 있었다. 내가 만들어갈 센터는 분명 이런 일상들이 매일이 될 것이다.

어쩌면 내 센터를 운영하더라도 좋은 일들만, 행복한 일들로만 채워지진 않으리라는 걸 나도 안다. 삶이 늘 밝은 부분만 존재할 수는 없을 테니 말이다. 분명 어두운 터널을 지나며, 가끔씩 닫힌 문에 부딪히는 순간도 찾아올 것이다. 그때마다 내 열정이 스며든 일들이 나를 키워주고, 그 과정에서 얻는 작은 열매의 조각들이 나의 정체성을 더욱 풍성하게 만들어줄 것이라고 확신한다. 지금 나는 목표를 향해 한 걸음씩 내딛고 있다. 그 여정 속에서 나 자신을 끊임없이 재조명하며, 새로운 색깔로 물들여간다. 결국 내가 진정 원하는 삶을 살기 위해서는 내 손으로 내 운명을 창조해야 하며, 진정한 나로서 세상에 작은 빛을 비출 수 있는 길을 찾아야 한다는 사실을 잊지 않으려 한다. 이 여정이 나를 정의하는 것이 아니라, 내가 이 여정을 통해 나를 만들어가고 있다는 것을 마음에 새겨본다.

오늘도 온통
그리움이다

병원에서 근무하던 시절, 어르신들에 관한 꿈을 종종 꾸곤 했다. 꿈에서 깨면 제일 먼저 병동에 전화해서 어르신들이 잘 계시는지 확인했다. 병원을 그만둔 지 1년이 지났지만, 여전히 꿈속에서 어르신들을 자주 만난다. 돌아가신 분들이 내게 인사를 건네시기도 하고, 때로는 나를 힘들게 했던 어르신이 아무 말 없이 나를 쳐다보기도 한다. 이런 꿈을 꾼 후에는 여전히 걱정이 되어 병원에 남아 있는 동료에게 문자를 보내 어르신들의 안부를 확인하고야 만다. 이미 그만둔 내가 그런 연락을 하는 것은 분명 월권 행위다. 그럼에도 불구하고 내가 이럴 수밖에 없는 것은 아직도 내 마음속엔 여전히 내가 모시던 어르신들이 남아 있기 때문이다.

책을 쓰기로 결심한 후, 내가 처음 만났던 어르신부터 최근까지 모셨던 수백 명의 어르신들의 이름을 노트에 하나하나 적어 내려갔다. 얼굴은 기억나는데 이름이 떠오르지 않는 어르신들도 있었고, 이름은 썼지만 얼굴이 떠오르지 않는 분들도 있었다. 예전에 기록했던 내 블로그 글들과 브런치 글들을 다시 찾아보기도 했다. 그렇게 어르신들과 함께했던 감사하고 행복한 기억, 아프고 힘들었던 순간들을 더듬거리다 보니 어느 틈에 노트가 다 젖어버렸다. 며칠 동안 써 내려왔던 어르신들의 이름들을 알아볼 수 없었다. 결국 컴퓨터를 켜고 다시 작업을 시작했다. 가슴 깊이 간직했던 기억들을 하나둘 끄집어내다 보니 그때의 감정들이 흐릿하게나마 다시 모습을 드러냈다. 그 속에서 나는 여전히 어르신들과 함께하고 있었다.

그러다 문득 떠오른 어르신이 한 분 있다. 1층에서 근무할 때 내가 간호사임을 늘 감사할 수 있게 해주었던 최희 어르신. 어르신은 혈액암을 진단받고 매달 항암 치료를 위해 서울대학병원에 가셨다. 치료받고 오시면 기력도 없고 챙겨줄 사람이 없어 내가 근무하던 요양병원 2인실에 입원해 계셨다. 어르신에겐 치매 진단은 없었던 걸로 기억한다. 80세 가까이 되었던 어르신의 팔은 주삿바늘로 인한 멍이 가득했다. 여느 날처럼 항암을 마치고 병실로 복귀한 어르신은 이틀 동안 속이 울렁거려 아무것도 먹지 못했다고 하셨다. 담당의는 영양제를 처방했다. 나는 늘 어르신의 주사를 한 번에 놓아서 어르신은 "서울대학병원 간호사들보다 훨씬 주사를 잘 놓네요"라며 칭찬을 아끼지 않으셨다. 그런데 이날은 어쩐 일인지 주사에 실패했다.

내겐 징크스 같은 게 있어 처음에 실패하면 그다음도 무조건 실패했기에 나는 절대 연달아 두 번을 시도하지 않았다. 그래서 손을 바꾸기 위해 다른 간호사를 호출했다. 다른 간호사도 세 번을 시도했으나 실패했다. 또 다른 간호사를 호출하려고 하자 어르신은 "그냥 서 선생님이 주사 놔줘요~ 실패해도 괜찮으니"라고 하셨다. 그렇게 다시 내가 시도하고 성공하자 "봐요. 서 선생님은 해낼 줄 알았어요"라고 말하던 어르신. 이날 이후 내 주사 징크스는 깨졌다.

어르신을 기억하는 이유는 주사 때문이 아니다. 늘 말씀이 없으셨던 어르신이 어느 날 내게 이런 말씀을 해주신 적이 있다. "치매라는 병이 참 무섭지요. 사람을 저리 의심하기도 하고, 가족도 기억하지 못하고 참 슬픈 병이에요. 근데 이곳 치매 노인들이 어쩐지 참 부럽단 생각이 들어요. 나야 잠시 이리 왔다가 또 서울로 가겠지만, 이곳 노인들은 서 선생님 같은 간호사가 늘 함께하며 돌봐주니 얼마나 행복하겠어요. 자식도 이렇게는 못하지. 싹싹하지, 친절하지, 주사도 잘 놓지. 이리 다 갖추는 게 힘들거든. 잊지 말아요. 서 선생은 참 좋은 간호사라는 걸." 이날 나는 어르신 말씀을 듣고 참 많이 울었다. 어르신은 이후 항암 치료받으러 서울로 가셔서 다시는 우리 병원으로 돌아오지 못하셨다. 그리고 어르신은 단 한 번도 내 꿈에 나타나주지 않으셨다. 그래서 한동안 잊고 있었나 보다. 어르신이 그곳에서 평안하시길 빌기 위해 잠시 두 손을 모아본다.

의료인인 내가 편애라는 걸 하면 안 되지만, 나도 사람이다 보니 유독 맘이 더 쓰이는 어르신들이 있었다. 김련 어르신이 그랬다. 눈만 뜨면 아롱다롱 슈퍼에 가야 한다며 휠체어로 병동을 돌아다니면서 출입구를 찾던 분이다. 이분 역시 케어 거부가 심했고, 욕도 자주 하고, 우리를 꼬집고 발로 차기도 했으나 병동 멤버들은 이 어르신을 유독 좋아했다. 당신이 때렸다가도 우리가 아파하면 금세 화내시던 걸 멈추고 "다쳤어? 어디? 누가 그랬어?"라고 하시며 우리를 금방 웃게 만들던 순수하고 투명했던 어르신. 유일한 보호자였던 따님 역시 온화한 성품에 늘 우리를 믿고 신뢰해주던 분이었다.

그런 어르신이 어느 날 저녁 식사하시다가 갑자기 앞으로 쓰러지면서 그대로 돌아가셨다. 아무도 예상하지 못한 어르신의 죽음이었기에 그날 근무했던 병동 멤버들도, 당직의도, 보호자도 모두 당혹스러운 상황이었다. 그날 근무 간호사가 내게 전화로 김련 어르신이 돌아가셨음을 알려 왔다. 그리고 얼마나 시간이 지났을까? 보호자였던 따님에게서 문자가 왔다. 그 정신없을 순간에도 어머님 부고 소식을 듣고 병원으로 향하면서 내게 문자를 하신 것이다. 요지는 그동안 엄마를 잘 보살펴줘서 고맙다고, 우리 병동 멤버들 덕분에 엄마가 너무 잘 있다가 편안하게 가신 것 같다고 감사하다는 내용이었다.

그렇게 며칠이 지난 어느 날 돌아가신 김련 어르신이 내 꿈에 나타나셨다. 꽃무늬가 보일 듯 말 듯한 옥색 한복을 입으시고, 처음 입원했을 때처럼 쪽진 머리를 하고 환하게 웃으며 내게 손을 흔들어주셨다. "어르신, 안녕히 가세요. 거기선 아프지 말고 평안하세요"라는 내 말이 채 끝나기도 전에 나는 꿈에서 깼다. 그리고 일주일 정도 지난 후 따님이 찾아오셨다. 어르신의 나머지 짐들을 챙겨드리면서 내 꿈 이야기를 전했더니 깜짝 놀라셨다. "우리 엄마 소원이었어요. 꽃무늬 옥색 한복 입는 거. 그래서 그날 화장하기 전에 그 한복으로 수의를 대신했었는데…. 선생님 너무 감사해요. 엄마도 선생님이 너무 감사해서 그렇게 마지막 인사하고 가셨나 봐요."

언젠가 라디오에서 권진아의 '위로'라는 노래가 흘러나왔다. 그 노래의 가사들이 내 귀엔 "세상과 다른 눈으로 나를 사랑하는. 세상과 다른 맘으로 나를 사랑하는. 그런 치매 어르신들이 나는 정말 좋다. 나를 안아주려 하는 어르신들의 그 품이 나를 잠재우고 나를 쉬게 한다. 위로하려 하지 않는 어르신들의 모습이 나에게 큰 위로였다. 나의 어제에 어르신들이 있고 나의 오늘에 어르신들이 있고. 나의 내일에 어르신들이 있다. 치매 어르신들은 나의 미래다"처럼 들렸다. 나는 매일매일 어르신들을 그리워하는 중이었다.

"나는 그리운 것을 그리워하기 위해 그리움을 사수하고 있다. 기다림이 걸어간다. 그리움이 길이 된다"라는 박노해 님의 시 구절처럼.

나는 오늘도 나에게 다짐해본다.

'이 그리움들이 그저 그리움으로 끝나지 않고, 그만큼 사랑으로 가득 차올라 나중에 그 사랑을 되돌려줄 수 있기를.

이 간절한 마음들이 나중에 나의 뿌리가 되어 단단히 땅속에 묻혀 어떤 어려움에도 흔들리지 않을 강인함이 되어줄 수 있기를.

이 시간들이 나태함이나 무기력함이 아닌 그저 나의 몸과 맘을 건강하게 만들어줄 쉼이 되어 에너지를 충전해서 몇 배의 감사함이 될 수 있기를.

그래서 이 모든 것의 끝이 나의 길에 닿아 있기를 오늘도 간절함으로 내 마음을 담아낸다.'

나의 쉼표이자 마침표가
지금 이 길이면 좋겠다

지금 이 글을 쓰고 있는 나는 미국 메릴랜드주 프레더릭에 머무는 중이다. 고속도로를 1시간쯤 달려야 도착할 수 있는 '로리엔'이란 곳에서 자원봉사를 하고 있다. 매주 2회 인지 프로그램을 진행하며 치매 어르신들을 만나는 중이다. 한국과는 너무나 다른 환경의 어르신들을 만나며 새로운 경험을 하고 있다.

봉사하러 갔던 첫날 너무나 해맑게 이곳에 도착해서 어르신들을 만날 기대에 부풀어 있었다. 그저 설렘만 가지고 프로그램을 시작했던 나는 10분도 채 되지 않아 그 자리에 얼어 있었다. "저는 간첩이 아니에요. 한국에서 온 간호사예요"라는 말만 되풀이하면서 말이다. 내가 간첩이 아님을 그분들께 해명해봐야 아무런 소용이 없다는 걸 알면서도 말이다.

10년의 시간 동안 수많은 치매 환자를 경험했으니 치매 어르신들을 잘 안다고 스스로 착각했다. 미국에 정착하고 오랜 시간 이곳에서 이방인으로 살아오셨을 한국 출신 어르신들의 문화적 특성이나 성향들을 간과했다. 그저 타향 살이에 대한 외로움, 향수 같은 감정만 생각하고 접근했다. 완전히 내 오만이고 자만이었고 불찰이었다. 나의 친절과 과한 관심조차 이분들께는 의심의 요소이고, 이분들을 자극할 수 있다는 것을 미처 계산하지 못했다. 그분들이 살아온 삶에 대한 배려 없이 그분들에게 가족들의 이름, 이민 온 연도 등의 개인적인 내용을 질문했다. 거기다 들떠 있는 하이톤의 내 억양과 진행 방식에 거부감을 느낀 어르신들께 나는 간첩으로 몰리고야 말았다.

70년 전 이민 와서 미국 대학 교수로 재직하고 정년퇴직하셨다는 J 어르신, 56년 전 이민 와서 마취과 의사로 30년 넘게 일하셨다는 H 어르신 두 분의 눈에는 나란 존재는 그저 햇병아리처럼 보였을 것이다. 같이 현장을 지켜보시던 책임자인 송 박사님이 제지하면서 나의 첫 프로그램은 허무하게 끝나버렸다. 송 박사님은 두 분 모두 치매로 인한 피해망상이 있으며, 검사를 제대로 못했고, 약물 치료조차 거부해서 지금 이곳에서도 요양병원으로 옮겨야 하나 고민하는 중이라고 하셨다.

첫날 완전히 실패한 나는 집으로 돌아와 다시 공부를 했다. 초심으로 돌아가 어르신과 라포를 형성하는 방법부터 온갖 치매에 대한 논문들과 책을 찾아봤다. 그 후 수시로 그곳을 방문해서 어르신들에게 천천히 다가갔다. 2주 후부터는 어르신들과 색종이 접기를 했다. 첫날 나를 간첩으로 몰던 H 어르신까지 함께 참석하셨다. 난 자연스럽게 어르신들의 힘든 미국 정착 과정과 이민 생활 이야기들을 들을 수 있었다. 첫 시작에 실패했을 뿐 이곳 어르신들은 금세 내게 당신들의 맘을 내어주셨다. 입구에 내가 들어서는 모습이 보이면 저 멀리서 손을 흔들며 먼저 인사해주셨고, 내 등 뒤에서 나를 안아주기도 하셨다. 어르신들의 점심 식사 준비를 하는 내게 늘 고맙다고 인사해주는 어르신들. 여름날 내가 한동안 못 나갔을 땐 기다렸다며 보고 싶었다 말해주는 어르신들이었다.

어느 날에는 '고향의 봄' 노래 가사를 바꾸는 시간을 가졌다. 처음엔 다들 주뼛주뼛 "그걸 어떻게 우리가 해. 그 어려운 걸" 하시던 어르신들이 나중엔 너도나도 "그것보단 이렇게 해야지", "아냐~ 아냐. 그럼 노래랑 음절이 안 맞잖아" 하시며 얼마나 적극적이셨는지. 그렇게 '내 인생'이란 제목의 곡이 탄생했다. "내가 사는 미국은 아름다운 나라. 이곳에서 사는 것이 행복합니다. 자녀들은 공부 잘해 성공하구요. 이웃들은 친절해서 살맛 납니다." 어르신들은 내 칼림바 연주에 맞춰 목청 높여 당신들이 직접 개사한 노랫말로 몇 번이고 노래를 부르셨다.

이곳에서 어르신들과 함께한 시간도 어느덧 8개월이 지났다. 지난주 어르신 한 분이 돌아가셨다. 심장질환이 있던 어르신은 숨이 차서 프로그램에 제대로 참석하시지 못했다. 그래도 컨디션이 조금 괜찮을 때면 늘 내 옆에 앉아 계시곤 했다. 나만의 해바라기를 만들던 날, 한참을 옆에서 지켜보기만 하던 어르신은 내가 프로그램을 마치길 기다렸다가 날 당신 방으로 데려가셨다. 어르신은 당신 자식들, 손자들 사진을 보여주며 한참을 자랑하셨다. 그러곤 이곳에 오기 전까지 취미가 뜨개질이었다고 말하며 직접 만든 작품들도 보여주셨다. 사진들을 보며 아까 내 프로그램이 시시해 보였겠다고 내가 말하자 "선생님하고 함께하는 시간이 좋은 거지, 뭘 만드는 게 중요하나요?"라던 어르신이셨다. 어르신께 마지막 인사를 드리지 못해서 내내 맘에 걸린다.

매주 수요일 오후에는 어르신들과 스도쿠Sudoku를 한다. 한국 어르신들은 처음 참석하시곤 어렵다며 다시 오시질 않고, 미국 어르신들 몇 분과 진행하고 있다. 나 또한 스도쿠가 생소해서 매번 어르신들께 도움을 받는 중이다. 밥Bob 어르신은 자는 시간 말고는 하루 종일 스도쿠만 하신다고 할 정도로 진심이었다. 어느 날 한참 어르신들이 문제를 풀고 있는 틈을 타서 내가 로비에서 다른 어르신들과 칼림바로 노래 부르며 놀았던 적이 있다. 그러다 밥 어르신이 날 찾는다는 직원의 말에 2층으로 뛰어갔더니 어르신이 내게 한마디 건네셨다.

"친구란 어떤 상황에서도 함께 하는 거야(Friends are meant to be together, no matter what)."

"내가 친구예요?"

"당연히 넌 나의 친구지(Of course you are)."

나는 이곳에서 나이도, 인종도, 성별도 모든 게 다른 친구가 생겼다. 언젠가 새롭게 참여한 어르신이 있어 소개를 하던 중이었다. 밥 어르신은 내 소개를 당신이 하고 싶다 하더니, 마지막에 "매우 친절한 사람이야(She is very nice person)"라고 덧붙이셨다. 내가 집에 갈 때면 언제나 한 손을 가슴에 올리며 "내 마음을 다해 여기서 널 기다리고 있을게(I'll be waiting for you here with all my heart)"라고 하셨다. 내가 곧 한국으로 간다는 소식을 접하시곤 나만 보면 "네가 보고 싶을 거야(I'll miss you)"라고 하시는 밥 어르신이 나도 많이 그리울 것 같다.

이곳에서 추석 명절을 맞이해서 송편 만들기를 했다. 우리 문화를 소개하는 의미로 미국 어르신들과 함께했다. 송편의 의미부터 우리나라 고유의 명절 이야기를 하면서 어르신들께 사진으로 한복을 보여드렸다. 사진 속 한복에 연신 "뷰티풀(beautiful)"이라고 외치던 어르신 한 분에게 나는 색종이로 한복을 접어 선물로 드렸다. 어르신은 내가 접은 한복을 받아 들고는 금세 눈시울을 붉히더니 눈물을 흘리셨다. 그러면서 나 때문에 너무 행복하다고 말씀하셨다. 나는 가만히 어르신을 안아드렸다.

이런 소소한 순간들이 나를 이곳에 계속 남아 있게 한다. 내가 가장 잘할 수 있는 일을 그저 사랑하다 보면 그 일이 내 삶을 행복한 순간들로 가득 채운다. 바로 이런 순간들이 나를 만들어가고, 나는 내 쓸모에 그저 감사하다.

미국에 있는 동안 나는 인지행동심리사 1급·실버레크리에이션·미술임상치료·노인심리상담 자격증을 취득했다. 민간 자격증이라 얼마나 쓰일 수 있을지는 잘 모르겠다. 그럼에도 내가 틈틈이 이런 분야까지 시간을 내어 강의를 듣고 자격증을 취득하는 이유는 단순하다. 현장에서 어르신들을 돌볼 때 조금이라도 더 도움이 되고 싶은 마음, 내가 몰랐던 걸 하나라도 더 알게 되지 않을까? 하는 그 마음뿐이다.

구본형의 『그대, 스스로를 고용하라』에 이런 글이 있다. "내 골수에 박혀 있는 가장 나다운 일인가? 나는 이 일에 내가 가지고 있는 모든 재능을 활용하고 열정으로 헌신하고 있는가? 목적지는 자신이 진심으로 원하는 곳이어야 한다." 내 유일한 꿈인 센터를 위한 목표를 향해 오늘도 이렇게 하나씩 나를 채워가는 중이다.

"누군가를 사랑한다는 건 그냥 주고 싶은 넉넉함이 아니라 꼭 줄 수밖에 없는 절실함인 거야"라는 드라마 〈응답하라 1988〉의 대사처럼 치매 어르신들을 향한 내 마음은 그냥 내가 할 수 있으니 해주려는 그런 마음이 아니다. 어떻게든 조금이라도 더, 어르신들이 행복할 수 있는 방법을 하나라도 더 찾고 싶은 절실함이다. 이 간절함으로 난 오늘도 닥치는 대로 뭐든 배우고, 하루라도 더 어르신들 곁에 남아 있기 위해 달리는 중이다. 내 꿈이 이루어져 내 센터에서 치매 어르신들이 행복하게 살아갈 그날을 기다리며 오늘도 난 내가 할 수 있는 최선으로 내 길을 걷고 있다.

'내 삶의 정답은 나만이 만들 수 있다'라고 확신하면서 말이다.